JN081658
不遇スキル『常識改変』を覚醒させて、
女神・聖女・女帝の三大美女を堕とし支配する
赤川ミカミ
Mikami Akagawa
illust: 飴樹まお
KiNG novels

不思議な女神
アクル
教会の聖女
ロフェシア

帝国の女帝
モナルカ・アフトクラ

「んぅっ、あっ、中で、動いて、ん、ふぅっ……」
膣襞が肉棒に吸い付き、擦り上げてくる。
その気持ちよさを感じながら腰を動かし、
膣内を往復していく。
「んっ、はぁ。本当に、これ、普通なの……？」
快感で緩んだためか、少し疑問を抱いた様子のアクル。
俺はそんな彼女に言い聞かせるようにしながら、
抽送を行っていった。
常識改変によって少しぼーっとしているのが、
かえってエロい。

不遇スキル『常識改変』を覚醒させて、女神・聖女・女帝の三大美女を堕とし支配する

赤川ミカミ
illust：飴樹まお

KiNG novels

不遇スキル『常識改変』を覚醒させて、女神・聖女・女帝の三大美女を堕とし支配する

contents

プロローグ　女神・聖女・女帝とのハーレム生活

帝都にある、高級住宅街。

この一帯には、庭付きの大きな家ばかりが並んでいる。

塀の中はそれぞれに広い庭があるので、隣の建物からは離れており、かなりの余裕があった。

そんな豪奢な屋敷の一つに、俺は住んでいた。

スキル【常識改変】が覚醒したことで、この屋敷を手に入れた。

その後の運命的な出会いもあって、今、俺の目の前には三人の美女がいる。

それも、ひとりは女神、ひとりは聖女、ひとりは女帝という、本来ならば俺のような庶民が会うことすら叶わないような高貴な美女たちだ。

そんな彼女たちが、広いベッドのある寝室で俺を待っている。

「クラートル、早く」

ベッドの上にいる三人の美女のひとり、女神アクルが俺を呼んだ。

女神である彼女は、その正体からすれば意外なほど明るくて、親しみやすい印象だ。

銀色の髪をサイドポニーにしており、元気さがよく現れている。

女神だからか、あるいは単に性格なのか、ちょっとずれてアホっぽい部分もあるものの、明るい美少女というのは、そこにいるだけで場が華やぐ。

そんな彼女が、ベッドの上から俺を呼んでいた。

男としてはすぐにでも飛びつきたくなるところだが、俺は冷静さを装ってベッドへと向かう。

「クラートルさん、失礼しますね」

俺がベッドに上がると、聖女ロフェシアがすっと近寄ってきて服に手をかけた。

三人の中で一番落ち着いた印象のロフェシアは、物腰も柔らかく、まさに聖職者といった正統派の美女だ。

顔つきも優しく安らぎを与える印象の彼女だが、動くのに合わせて揺れる爆乳は、男の目を常に惹きつける。

清楚な印象を与える彼女の中で、そこだけが異性の欲望をくすぐっていた。

「ふふ、妾《わらわ》たち三人で存分に可愛がってやるぞ」

そう言っていち早く股間へと手を伸ばしてくるのは、女帝であるモナルカだ。

この国、いやこの大陸で一番の地位を持つ彼女は、本来なら庶民である俺の屋敷にいるような存在ではない。

派手なタイプの美女である彼女は、立場上はキツい印象を受けることも多い。しかしこうしてベッドいる姿は、とても魅惑的だ。

普段はキリッとしている女性が、自分にだけ見せる女の姿というのも、男としては大いにそそる。

そんな三人がベッドの上でそろって、俺に迫ってきた。

「まだ、ここも大人しいね」

すっかり脱がされた俺の股間に顔を寄せながら、アクルが言った。

魅力的な美女たちに求められているとはいえ、ズボンの上から少し触れられただけでは、臨戦態勢とは言えない。

そんな半端な状態を見られるのは少し恥ずかしいが、それ以上にこのあとへの期待がある。

「それじゃ、元気になるように……れろっ！」

「うぉ……」

女神アクルが舌を伸ばし、まだまだ落ち着いている肉竿を舐めてくる。

温かく濡れた舌の感触が気持ちいい。

「妾も、ぺろんっ♪」

それに続いて女帝モナルカも舐めてくるので、股間に血が集まってきた。

「あらあら、おふたりとも積極的ですね」

聖女ロフェシアが、そんな様子を微笑ましく眺めて言う。

「んっ、れろっ……」

「大きくなってきて、だんだん舐めやすく、ぺろろっ！」

美女ふたりが顔を寄せ、勃起した肉竿を舐めていく。

「それなら私も、クラートルさんのおちんぽを……ん、れろぉっ」

ロフェシアも股間へと顔を埋め、肉竿を舐めてきた。

「れろっ、ちろっ……」

「ぺろっ、ん、れろろっ」

「れろんっ、ぺろぺろっ」

三人が争うように顔を寄せ合って、肉棒のあちこちを舐め回してくる。

さすがに三人一緒ともなると、ぎゅうぎゅうと頬をくっつけるような距離だ。

狭そうではあるものの、美女たちがそれほど顔をくっつけてチンポを舐める光景というのは、とてもいいものだった。

「んん、れろっ……」

「ぺろっ、ちろろろっ！」

「んんっ、れろぉ……さすがに、ちょっと窮屈ね」

そう言うと、彼女たちはお互いに、少しずつ顔の位置をずらしていく。

「それなら、妾が先っぽを、あむっ」

モナルカは上へとずれていき、亀頭をぱくりと咥え込んだ。

「れろ、ぺろぺろっ、ちゅぱっ！」

アクルはそのまま、肉幹の中ほどあたりを舐めてくる。

動きやすくなったからか、より舌使いを激しくしてきた。

「私はこちらを、ん、れろっ……」

ロフェシアは逆に、さらに下へと動いてくる。

「クラートルさんの、敏感なところを、れろぉ♥」

「うぉ……これは……」

そして彼女は、陰嚢へと舌を伸ばしてきた。

男根に対するものとは違う、くすぐったいような刺激に声が漏れてしまう。

「ん、舌の上で、タマタマがきゅっと動きましたね。れろっ……」

ロフェシアが玉を追うように舌を伸ばし、優しく舐めてくる。

「じゅぷぷっ、ん、じゅぷっ！」

モナルカはきゅっと唇をすぼめたはしたない顔で、肉棒に吸い付いてくる。

そのエロさと直接的な気持ちよさに、腰が浮きそうになった。

「れろっ……血管のところに舌を、ちろろっ！」

アクルは幹を舌先でくすぐるように舐めてきた。

三人がそれぞれに亀頭から陰嚢まで、男性器を満遍なく舐めてくる。

美女ハーレムならではの同時責めに、俺は身を任せていった。

「ん、れろっ……ぺろっ……」

「えろんっ……このタマタマの中に、クラートルさんの濃い精液が、れろっ、ぺろっ！　今日はたっぷり、私たち三人に出してくださいね、れろんっ！」

「う、あぁ……！」

睾丸が刺激され、その中がぐつぐつと煮詰まるかのような感覚を覚える。

汚れ無き聖女がその舌で男性器を転がすように舐め、ご奉仕しているのだ。

「あむっ、じゅぷっ！　ん、先っぽから、先走りが出てきてる……じゅ、ちゅぅっ♥」

「うおっ！　モナルカ、あうっ……」

高貴な女帝が下品なほどチンポに吸い付き、ガマン汁を吸い取っていく。

淫らに肉棒をしゃぶり、快楽のために男に尽くしてくれている。

「ん、ちゅぶっ……じゅるっ……」

「タマタマさん、頑張ってくださいね。いっぱい、いっぱい精液を出せるように、あむっ、ちゅぱっ……♥」

ロフェシアが睾丸を口に含み、ふにふにと唇でマッサージしてくる。

肉棒全体を三人の美女に責められ、俺の欲望は滾《たぎ》りきっていた。

「ん、きゅぽんっ……！」

そこでモナルカが、肉棒から口を離す。

「ふふっ、先っぽが膨らんで、もうイってしまいそうになってるぞ♥」

「ああ……」

俺は肯定と、刺激が消えたことへの無念、どちらかわからないような声を漏らした。

彼女が離れた亀頭からは、唾液と先走りが垂れ落ちている。

「今日は三人を相手にするのだ。出すのならちゃんと、妾たちの中にしないと、クラートルの精力がもたないぞ？」

妖艶な笑みを浮かべてモナルカが言う。

アクルも幹から口を離して、身体をずらしていった。

「んうっ、れろっ、ちゅっ……」

ロフェシアも口を離し、三人は姿勢を変えていく。

少しの間も待ちきれないとばかりに、上半身はそのまま、下着を下ろしていった。

「クラートル、んっ……」

そして彼女たちは示し合わせたかのように、俺にお尻を向けて四つん這いになっていった。

三人のお尻、そしておまんこがこちらへと向けられる。

四つん這いで無防備な彼女たちの秘部。

丸みを帯びたお尻の下で、女性の部分がもう濡れているのがわかった。

俺はその素晴らしい光景を眺める。

軽く足を開いているため、割れ目も薄く花開いている。

濡れたピンク色の内側が、肉竿を待つようにヒクヒクとこちらを誘う。

ひとりでもエロい光景なのに、それが三人分。

美女三人が、俺にチンポを挿れてほしいと、そのおまんこを差し出しているのだ。

「あぅっ……クラートルさん、ん、来てください」

「そうやってじろじろ見てるばかりじゃなくて、ガチガチチンポ、妾たちの中に、んっ、早く……」

「ほら、わたしのここに、んっ……」

三人がそれぞれに、おねだりをしてくる。

特に、真ん中にいるアクルは、自らの手でくぱぁっとおまんこを広げて、女神とは思えないほどドスケベにこちらを誘ってきた。先程のフェラで寸止めをくらっている俺は、そんな淫らな姿に我慢できるはずもなく、早速彼女たちの元へと向かう。

まずは最もはしたなくおねだりしてきた、アクルに挿入した。

「んはぁっ♥」

肉竿を受け入れると、彼女は手を前に戻し、しっかりと身体を支える四つん這いになる。

喜ぶようにうねり、肉竿に吸い付いてくるおまんこ。

俺は早速、腰を動かし始めた。

「あっ♥　ん、はぁっ！　中、ん、おちんぽ、入ってきて、あっ、ん、くぅっ……！」

膣襞《ちつひだ》を擦り上げながら、往復していく。

蠢動する膣内は心地よく、すでに高まっている俺は、腰を打ち付けていった。

「んはぁっ、あっ、ん、あうぅっ……♥」

大きなピストンに、アクルが嬌声をあげて感じていく。

彼女は身体を揺らしながら、そのおまんこできゅうきゅうと肉棒を締めつけてくる。

「クラートルさん、ん、私にも、挿れてください」

「妾のほうも、ほら……」

その左右から、ふたりが誘いをかけてくる。

ふたりは愛液を垂らしながら、チンポを挿れてほしいとお尻を揺らした。

「ん、あっ、あんっ♥」

俺は一度アクルの中から引き抜くと、ロフェシアのおまんこへと挿入する。

「んはぁっ！　あっ、クラートルさん、ん、はぁっ♥」

焦らされていた分か、熱心に肉棒を咥え込むロフェシアのおまんこ。

俺は欲望のまま、ピストンを行う。

「あっ、ん、はぁっ、あふぅっ！」

そしてまた肉竿を引き抜き、今度はモナルカの膣内へ。

「んおぉっ♥　おちんぽ、急にきたぁ♥　あっ、ん、はぁっ！」

モナルカが嬌声をあげながらチンポを受け入れる。

熱い蜜壺をかき回すように往復していった。

「ああっ、ん、はぁっ！」

「クラートル、わたしにもまた、ん、はぁっ……」

「あふっ、おちんぽ、ん、ああっ♥」

美女三人が四つん這いでおまんこを差し出し、おねだりしてくる豪華すぎる光景。

男冥利に尽きるハーレムプレイに昂ぶるまま、俺は腰を振っていった。

「ああっ、奥まで、んぁっ、ああっ、あっ♥」

「太いのが、中をいっぱいにして、あっ、ん、はぁっ！」

「そのまま、ん、出してぇっ……♥　あっ、ん、はぁっ♥」

三人のおまんこに代わる代わる挿入し、味わっていく。

ひとりあたりが短い分、激しく腰を振っていくハイペースだ。

当然、そう長く保つはずもない。

「くっ、そろそろ出すぞ」

「んぁ♥　はぁ、ん、出して、あっあっ♥」

俺は限界が近いのを感じ、そのままアクルに集中して腰を振っていった。

溜まった欲望を吐き出すために、何度もアクルに腰を打ちつけていく。女神だけあって、最高のプロポーション。そのすばらしい女体にオスの欲望をぶつけていく。

「んぁっ、あっ♥　激し、ん、はぁっ！」

「あぁ……すごい勢いで突かれてます。あんなにされたら……♥」

「いっぱい突かれて、蕩け顔になってる」

左右からロフェシアとモナルカが、アクルを眺めながら呟く。

「ああっ♥　わたし、んぁ、イクッ！　ふたりに、んぁ、見られながら、んぅっ♥」

絶頂間近の姿を眺められるという羞恥のためか、アクルはさらに感じ、よがっていく。

「んふぅっ、あっ、ん、イクッ！　あっあっ♥」

快楽に嬌声をあげていくアクル。

俺もこみ上げてくるものを感じながら、ピストンを続けていった。

「ああっ、イクッ！　ん、あっあっ♥　おまんこ、奥まで突かれてっ♥　あっ、んっ、イクッ、イクイクッ！」

「出すぞ！」

俺はぐっと腰を突き出し、彼女の中に熱い迸りを放っていった。

「イックウウゥウゥウッ！」

膣奥に精液の奔流を受け、アクルが絶頂を迎える。

「んぁっ、ああっ♥」

膣道がきゅうっと収縮し、肉棒を締め付ける。うねる膣内に、精液を注ぎ込んでいった。

「あふっ、ん、はぁっ、ああっ……♥」

身体を揺らしながら、喘ぎながら中出しを受け止めている。

俺は彼女の中にしっかりと精液を注ぎ込むと、肉棒を引き抜いた。

「んぅっ、はぁ……あぁ……♥」

アクルはそのまま、ベッドへとうつ伏せに倒れ込む。

大きな快感で身体の力が抜けたのか、そのまま横になっていた。

俺もまた射精の余韻で脱力し、後ろへと座り込んだ。

三人の美女に代わる代わる挿入し、最後は大量の中出し。

オスとしては最高の状況だ。そうして射精の余韻に浸っている俺の元に、モナルカとロフェシアが身体の向きを変え、迫ってきた。

「クラートルさん」

「次は妾たちの中にも、な？」

そう言って、モナルカの手が、愛液でぬるぬるになった肉竿に伸びる。

軽くつかみ、しごいてくるモナルカ。

出したばかりのそこだが、そうして迫られ、刺激されては、猛りが収まらない。

「おちんぽ、まだこんなに逞しく勃起しているな……♥」

にちゅにちゅと音を立てながら肉棒をしごくモナルカ。

その側では、ロフェシアも期待に満ちた瞳で肉竿を見つめている。

美女におねだりされれば、ほいほいと応えてしまうのが男というもの。

俺はうなずいた。

「それならもう一度、ふたりにおまんこを差し出してもらおうか」

「はいっ♪」

「んっ♥」

やる気になった俺が言うと、ふたりが嬉しそうな表情を浮かべる。

そして彼女たちは、すぐに動いていった。

ロフェシアが仰向けになると、その上にモナルカが覆い被さる。

先程は横一列におまんこが並んだが、次は縦だ。

すぐにでも肉棒を咥え込みたいとばかりに、淫靡に蜜をあふれさせて誘うふたりのおまんこ。

同時に、ふたりが身体を重ねているため、女同士で淫らな行為に及んでいるようにも見える。

美女同士の絡みというのは、不純物がない美しささえ感じるが、やはりとてもエロいものでもある。ふたりとも昂ぶっているため、意識的にか無意識にか、刺激を求めるようにその腰を軽く揺らしていた。

互いのおまんこに擦り合わせようとするかのようにも見えて卑猥だ。

さらに少し角度を変えると、重なり合うふたりの身体も見える。

互いに胸が大きいため、おっぱい同士がむにゅむにゅと押しつけ合ってかたちを変えているのがそそる。

「クラートル、ん、早くぅっ……」

モナルカが待ちきれないとばかりに、甘い声でおねだりをしてくる。

その様子は女帝ではなく、ひとりの淫らな女だ。

そんなふたりの姿もあって、出した直後とは思えないほど欲望が高まっている。

「ああ、そうだな」

猛る剛直を、上下に並んだおまんこへと向けた。

モナルカが上半身を上げるようにしたので、腰が落ちて、その分ふたりのアソコが密着する。

せっかくこうして、美女ふたりが誘っているのだ。

一対一では出来ない、贅沢なプレイも楽しもう。

俺は膣内には挿入せず、ふたりの間へと肉竿を挿れていった。

「んぁ……！」

「あふ、クラートルさん、んっ♥」

彼女たちのぬれぬれおまんこが、俺の肉竿を挟み込む。

くにっと恥丘をかき分け、愛液をあふれさせる両方の割れ目に触れる。

「ああっ、ん、中じゃない、んぅっ……」

期待していた割れ目をチンポで擦り上げられ、一定の快感を感じつつも、期待していたものとは違うためか、ふたりは肉竿を求めるようにぐいぐいとおまんこを押しつけてきた。

「うぉ……」

彼女たちのおまんこが上下から肉竿に押しつけられ、挿入とは違う圧迫を受ける。

「んぁっ、はぁ……」

快楽を求めるように彼女たちは小さく身体を動かした。

まるでチンポを使ってオナニーするように、その割れ目を擦り付けてくる。

ふたりが腰を動かすペースが違うため、俺は上下それぞれに肉竿を刺激されていく。

「あっ、これ、んんっ……硬いのが、妾のアソコを、ん、はぁっ……」

「ひぅっ、クラートルさんの、あっ、おちんぽが、私の、んんっ♥」

くりっと、少し違う感触が裏筋のあたりを刺激した。

腰を動かす角度を変えたことで、ロフェシアのクリトリスが当たったのだ。

それが良かったのか、ロフェシアはそのまま俺の肉竿で自らのクリを刺激してくる。

「あっ、ん、はぁっ、わ、私、んんっ……こんな、はしたないところを、ああっ♥」

彼女は声を出しながら腰を動かし、自らのアソコを擦り付けてくる。

「んんっ、あっ、はぁっ……」

そして揺れるロフェシアに影響されるかたちで、モナルカも身体を揺らしていく。

俺はふたりの秘裂に肉棒を挟まれながら、腰を動かしていった。

「あっ♥　ん、はぁっ！」

「あうっ、んくぅっ、あぁっ♥」

柔らかな割れ目とクリトリスを擦るように、肉棒で往復していく。

「あぅっ、クリトリスがこすれて、あっ♥　んはぁっ！」

「クラートルさん、ん、あっあっ♥」

すると、モナルカがさらに腰の角度を変えようと動いた。彼女は俺の往復に合わせ、その膣口をこちらへと突き出してくる。

それは穴に肉棒を迎え入れようとする動きだ。

そのドスケベさに俺も昂ぶり、腰の位置を変えてそのまま挿入した。

「んはぁ♥」

一気におまんこを貫かれ、モナルカが嬌声をあげる。

「ひぅっ、ん、中、ああっ！」

息つく暇を与えず、パンパンと腰を打ち付けていく。

「ああっ、急にそんな、んぁ、奥を激しく、んあぁっ！」

「モナルカのほうから、挿れて欲しそうにしてきたんだろ」

俺は抽送を行い、女帝おまんこをかき回していく。

「んぁ♥　あっ、ん、ああっ！」

膣内は喜ぶように吸い付き、モナルカは喘いでいく。

「んっ……ふふっ、なんだかすごいですね」

自分の上でおまんこを突かれて喘ぐ女帝に、ロフェシアが興味津々という様子で言った。

「あぅっ、やぁっ……ん、だってこれ、ん、はぁっ♥」

モナルカのほうはもう、ただただ快楽に流されるまま感じているようだった。

俺はそのままピストンを行い、膣襞を擦り上げていく。

「ああっ、ん、はぁ、ああっ♥　イクッ♥　ん、はぁっ、あっ、んはぁっ！」

「ぐっ……」

膣襞が肉竿を締めつけ、快感を送り込んでくる。

メスの本能が精液を搾りとろうと蠢いているようで、その気持ちよさに俺のほうも再び射精しそうになる。

「あうぅっ！　ん、いいっ♥　あっあっあっ♥」

快楽に浸り、嬌声をあげていくモナルカ。

俺はラストスパートで腰を打ち付ける。

「あぁっ♥　も、イクッ！　ん、はぁっ、あっあっ！　おまんこイクッ！　あっ、ん、イクッ、あ、んはぁぁぁぁぁっ♥」

彼女が絶頂を迎え、身体を跳ねさせる。

膣内がきゅと収縮して肉棒を締めつけた。

その絶頂おまんこのおねだりに応えるように、俺も射精していく。

「あうぅぅっ♥　あっ、熱いせーえき、んぁ♥　妾の中に、いっぱい、んぁ……♥」

絶頂中に中出しを受けて、モナルカが快楽に蕩けていく。

俺はしっかりとその膣奥に精液を注ぎ込んでから、ごりっと、肉棒を引き抜いた。

「あうぅっ……」

モナルカは、ロフェシアの上で力を抜いていく。

「クラートルさん」

その下ではロフェシアが腰を浮かせ、自分の秘穴をアピールする。

「私の中にも、んはぁっ♥」

俺は間髪入れずに、ロフェシアの中へと挿入した。

まだまだ、夜は長そうだ。

俺はハーレムの夜を楽しみ、体力が尽きるまで彼女たちと交わるのだった。

第一章　覚醒

鏡を見る。

酒場のトイレにある鏡は、うっすらと濁っている。

その濁った鏡の向こうに、こちらを見る男の顔。

鏡に映る男――つまり俺――は、これといった特徴のない地味な男だ。

目を惹くようなイケメンではないが、見るに堪えないというほどでもない。

自分の顔だから慣れていると言われればそれまでだが、これまでの人生に於いては、容姿を理由に過度な歓迎を受けたことも、あしざまに罵られたこともない。つまりはその程度だ。

それよりも、より大きな理由で冷遇されていたから、容姿はたいした問題でも無い。

長年の苦境で染みついてしまった、くたびれた雰囲気を払拭し切れてはいない。

だが、ここ最近は血色がよくなり、幾分マシに見える気がする。

鏡から視線を切ると手を洗う。流れる水を見つめながら、両手を擦り合わせた。一定の量で流れる水。安定した音。気持ちを落ち着かせるように念入りに……と、そこで気付く。

今の俺は別に、酒場のトイレで気持ちを落ち着かせ、感情を律する必要などもうないのだ。

それはかつての名残。酒場の懐かしい雰囲気に、うっかりと気持ちが引き戻されただけ。

水を止めた俺は再び鏡を見る。そして、今の自分を認識する。

かつてより上等な服と、余裕のある表情。

一夜で全てが変わり、その勢いで走り続け、多くのものを手にした。

今の俺は選ばれた側の人間だ。

それはスキルの導き。この世界の道理。あるいはそう、『常識』だ。

ハンカチで手を拭い、トイレを出る。酒場は騒がしく、下品な声であふれていた。

その中で、酔っ払ったグループにひとりの男が絡まれていた。

「ほら、見せてみろよ。お前の手品をさ」

「おうおう、やれやれ。盛り上げろよー！」

せっつかれ、勢いに押されながら、男は段取りもままならないまま手品を披露する。

口の中から、連なったハンカチがスムーズに現れてきた。面白い芸だ。

「あはははは！」

しかしその光景にではなく、脅されてスキルを使う哀れな姿にこそ、酔っぱらいたちが笑い声をあげた。

少し前までの自分を見るようで俺は視線をそらす。俺の気晴らしで、今すぐあの集団をもっと愉快な姿にすることは出来るが、数人の酔っぱらい達をどうこうしたところで、なにも変わらない。

この世界は、スキルに支配されている。

そして俺もまた、そんな世界の一員だ。酔っぱらいの振る舞いを下品だとは思うものの、スキルを重視する社会そのものは受け入れている。

結局のところ、そのほうが簡単なのだ。それでも――。

こんなことは一時しのぎでしかないけれど、俺は手品を披露させられていた男にチップを払い、酔っぱらい達を追い払った。

そして自分の会計も終えると、賑やかな店を出る。

ぬるい夜風は、酒臭い空気よりは遥かに快適だった。うねる道に沿って、小さな家や安い店が並ぶ区画。街の中心に背を向けて、俺は歩いていく。

ついこの前まで、俺はあの手品師と近い立場にあった。彼の手品はもちろん、本来的な意味での手品とは違う。つまり、スキルによるものなのだ。

スキル――この世界を支配する、神の恩寵。あるいは呪い。

基本的には、ひとりに一つ。神から与えられる才能であり、その人間の切り札だ。

スキルの効果は様々だが、大きく分類すると二種類ある。

一つは、過程を省略する類《たぐい》のもの。

例えば剣技のスキルがあれば、初めて剣を手にしたときから、達人並みの動きが出来る。どう剣を振るえばいいのか。身体の使い方はどうか。相手の動きを見切るには。

そんな、通常であれば鍛錬の果てにある能力が、自然と身につく。

努力の過程を省略すること。多くのスキルは、こちらに属している。

そしてこの世界の人間は、自分に与えられたスキルに合った仕事を選ぶ。

スキルが目利きなどなら、買い付けを行う商人に。スキルが剣技ならば、冒険者や騎士に。

スキルに合わせて、生き方もほぼ決まる。それはある意味ではわかりやすく、理想的だ。

神の恩寵であるスキルの導きに合わせるだけで、自分で考える必要がない。

自身に何が向いているのか悩みながら、才能の無い分野で頑張るようなこともないのだから。

人生ですべきことは、スキルが教えてくれる。プロとしての価値を最初から付加してくれる。

貴族が生まれながらに貴族であるように、スキルは、人を生まれながらのプロにしてくれた。

さきほどの手品だって、種を仕込んだり、人を欺《あざむ》く技術を磨く過程は省略して、結果を引き起こしている。当の本人は、どうしてそんな手品ができているのか、実際には理解していない。

だが、手品はあくまでも手品。彼の技には種も仕掛けもある。練習なしで、それができるというだけ。

そうではなく、スキルの種類のもう一つは、起こりえないことを起こす力だった。

例えばそれは、魔法使いと呼ばれているスキル。

何も無い場所で火を熾し、水を湧き出させ、風を操る。

現象として自然を操る彼らは畏怖され、他のスキルよりも特別扱いされている。

努力では決して、人間には身につけることのできない能力だ。

俺はまだ見たことがないが、例えば物の時間経過を逆行させるスキルだとか、壁を通り抜けるスキルというのも存在するらしい。

神の奇跡であり、人間には理解の及ばない現象。

この世界は絶対的に、スキルに支配されている。

となれば……。

スキルが「ハズレ」である人間は、それだけで軽んじられ、使えない奴としてバカにされることになる。先程の手品も、そんな部類だ。

実際問題、スキルなしに仕事をしようとすればド素人だ。プロ級であるスキル持ちとは勝負にならないし、現場では使い物にならないだから仕方がない。何十年も時間をかけて修行して、やっとスキルを持った初心者と同じ。それはもう、現実的じゃないのだ。

街を歩きながら、そんなことを考える。なんとも厳しい現実だ。

中心から遠ざかっていくと、街はどんどんと薄暗くなっていく。

人通りの少なくなった通りを、さらに一本、奥へと入る。

俺の持つスキル【常識改変】も、これまではハズレスキル扱いだった。

効果は、ちょっとした催眠術みたいなもの。そもそも、相手に受け入れる意思がなければ効果は現れない。その上で発動すると、常識を少しだけずらすことができ、相手はしばらくの間だけ不思議な感覚を味わう……という程度のものだった。

当然、戦闘なんかには使えないから、冒険者向きじゃない。

活かせる仕事というのも、ほぼない。手品と同じで酒場の余興くらいが関の山であり、不遇なスキルを持つ人間の常として、ずっと軽んじられながら生きてきた。

裏通りをゆっくりと進み、ある建物に着く。

そこは俺がずっと暮らしていた安アパートだ。スキル【常識改変】が覚醒するまで過ごしてきた場所。まだ一年と経っていないはずなのに、ひどく懐かしく感じる。

人生が変わるときは一瞬だ。長く虐《しいた》げられていた俺だったが、覚醒によって【常識改変】が変化した結果、瞬く間に何もかもが違っていった。

掌は返され、多くの人が寄ってくるようになった。そうなると、金も集まってくる。

最初はそれが、何もかも楽しかった。

これまでの苦境から解放され、欲望のままに振る舞うことが出来る日々。馬鹿にしてきた奴の上に立ち、望むもの全てを手に入れることが出来るのは快感だった。

はやりここは、スキルに縛られた世界だ。それを実感した。

スキルさえ強ければ、全てが手に入る。

最強クラスのスキルを手にした俺は、その全能感を楽しみ――そして少し疲れていた。

人生が楽になったことに対しては感謝している。

かつての境遇に戻りたいとは思わないし、だからこそ新たなスキルを使って必死に駆け上がった。

だが、降って湧いた能力に頼りきり、ただそれを使い倒しただけの結果だ。

自分への投資としては成功だが、肉体的にも精神的にも疲れてしまった。

なんとなく維持していたアパートの鍵を開けて、久しぶりに部屋の中に入る。

埃っぽさと懐かしさ。

底辺らしい生活感は今でも好きなわけではないが、空虚な人生よりは温かい気がする。豪華な酒よりも、古びた毛布が自分を温めてくれるとさえ思えるのは、俺が年を取り過ぎたからかもしれない。

良かった思い出などほとんどないのにな……。思い返しても苦しいことばかりだった。

それでもこの部屋には、俺が実力で積み重ねてきた時間があった。それほど中身のある人間だったとは思わない。どうせ無能なら、せめてスキルが優れていたほうが立派だというのにも同意する。それがこの世界なのだ。

理由もなく、棚の埃を払ってみる。何かを持ち出そうと思ってここに戻った訳ではない。ただなんとなく、足がこちらへと向いただけだ。

常に忙しかったかつてとは違い、自由な時間はいくらでも作れるのに……。

安くて薄くて硬いマットレスに寝そべって、高くもない天井を見上げた。

心を殺すのは退屈や絶望だ。この部屋に来て昔の心が戻った瞬間に襲いかかる不安を押し殺しながら、なんとか目を閉じる。俺はきっと……まだ人生を、良い方向には出来ていない。

視界が塞がり、闇がじんわりと広がる。自分の呼吸と、埃っぽい空気。安い感傷が心に積もった。

●

アパートを出て、今の家へと帰ることにした。

少しだけ落ち着いた心で歩いていると、表通りから角を曲がって、こちらへと駆けてくる人影が見えた。

先頭を走るのは美少女で、それをふたりの衛兵が追っていた。銀色の髪を揺らしながら逃げる美少女は、容姿だけではなく身なりも整っており、この辺りには似つかわしくない身分に感じられる。何かやらかした現行犯、といった感じでもないが……。

などと美少女を眺めている内に、彼女は俺のすぐ側まで駆けてきていた。

「あっ！」

そして俺を見つけた彼女が声をあげる。

では知り合いか？　とも思って改めて美少女を眺めてみるものの記憶にはない。くりっとした大きな瞳に、サイドテールの髪形。やや幼そうな印象を受けはするものの、紛れもなく美少女だ。こんな子と知り合いなら忘れることもないだろう。

可能性としては、何年も前……彼女が子供の頃に会ったとか？　でも、だとすれば俺のほうも年を食っているわけで、面影くらいしか残っていない程度には変わり果てているはずだが……。

少女が駆けてくる後ろから、衛兵もこちらへと向かってくる。走ってくる衛兵は、こちらへと目を向けた。

「仲間か!?」

「ふたりとも、動くな！」

「本当、しつこいわね！」

美少女は叫ぶと、俺のほうに小声で言った。

「アパートで待ってて、後で行くから」

そのまま俺を置いて、ひとりで奥側へと逃げていく。

「おれは追う！」

衛兵の片方が彼女を追い、もうひとりは俺のほうへと来るようだ。気に食わないな。

【足は重い。駆けたりはできない。ただゆっくりと歩くだけ】

俺は衛兵ふたりにスキルで、足は走るためのものではない、という常識を植え付けた。

ひとりは俺の少し後ろで、もうひとりは俺の正面で足を止める。もう足は動かないだろう。

走ろうとは考えない。なぜって、足は走るためのものではないのが、彼らの『常識』だからだ。

「おい！　君はあの少女と話していたな。仲間なんだろう？　頼りない女性ひとりで、何をしようとしたのかは知らないが――」

足を止めた衛兵が、俺に問いかける。決めつけに加え、高圧的な態度。相手を選ばずに偉そうっていうのは、衛兵の職務としても誠実なのだろうか？

走る――という機能を失わせただけで、それ以外の常識はいじっていないため、彼らの態度は衛兵としての素というわけだろうな。そもそも、最初から俺にも乱暴な命令口調だったし。

まあたぶん、何らかの事件の犯人追跡中だったわけだし、許してやらないこともなかったが、理由も聞かずにこれである。

「この状況でもまだ優位だと思えるってのは尊敬するよ。君の人生は退屈しなそうだ。羨ましいな」

俺の言葉に嘲笑のニュアンスを感じ取ってか、衛兵は眉をつり上げる。つい先程まで全力疾走で少女追っていたのに、俺のたった一言で走れなくなった彼だが、面白いほどにまだ強気だ。

訓練でどれだけ筋力があろうと、自由には動けない状態だ。俺がその気になればもう、ろくな抵抗も出来ないというのにな。

この状況ですごんでみせるのは滑稽だ。しかし、それも当然なのである。今の彼らにとって、足がゆっくりになったのは、「常識」なのだから。

これが今の俺のスキルだ。ちょっとした催眠術のまねごとでしかなく、相手の協力ありきの使えないスキルだったのは過去のこと。覚醒し、他者の常識をある程度自由に、半ば強制的に塗り替えることが出来る真の【常識改変】能力となった。

能力の本質は、あくまでも身体操作ではなく常識の改変。本人の意思への干渉だ。そのため相手の考え方や性格にも依存するし、一瞬で複雑なことを制御することは難しい。

戦闘などの、とっさの場面にはさほど向かないが、強力なスキルには違い。

これまでの人生を逆転させ、悠々と金を稼ぐには十分な能力だった。

あとはこうして、横柄な人間をおちょくるのとかも面白いな。

「反抗的な態度だな。詰め所まで来てもらおうか」

さて、どうしようか。とはいえ、彼らのような人間はありふれており、さしたる面白さも感じない。それよりは美少女のほうに興味があるし、さっさとお帰り願うことにしよう。

「詰め所には、ふたりで戻るといい。捜索中でも、【俺が許可】しよう。そもそも、【上の人間に従う】

のは君たち本来の常識だろうしな。俺は、【君たちの上司に顔が利く客人】だ」

確実に決めたかったので、ダメ押しに指を鳴らす。

実は、指示の言葉にせよ、こうした音による意識へのトリガーにせよ、必ずしも必要というわけではない。念じることでも、ある程度の効果が発揮される。だが、相手の常識を塗り替えるにあたって、スイッチはあればあるだけ効力を増すようだった。

そうして新たな指示を加えた後は、足への常識は外しておいた。

彼らははっとした様子で俺を見て、表情を変える。しっかり効いているようだ。

「失礼いたしました！　では、我々は詰所に戻ります」

「ああ、ご苦労さん」

彼らは踵《きびす》を返すと、表通りのほうへと歩いて戻っていった。きっと表通りへ出たあたりで、突然命令を変えさせた客人への愚痴くらい出るかもしれないが、ただそれだけだ。彼らはそれ以上には、何の疑問も感じないだろう。

「すごいわね」

背後から突然声がかかり、振り向く。逃げていた美少女が戻っていたようだ。

薄暗い細道にあっても、彼女は光を放っているように見える。高価そうな装いからいってもやはり、こんな路地裏には似つかわしくない人物だった。

「あなたの力を貸して欲しいの」

そんな彼女が、出し抜けにそう言ったのだった。

●

話を聞くには、静かな場所のほうがいい。一番近いのは俺が暮らしていたアパートだが、あそこへ美少女を招くのは好ましくない。というわけで、俺は彼女を富裕層の区域にあるバーへと誘った。

ボックス席ならそれなりに周りとの距離もあり、大声を出さなければ聞かれる心配もない。

俺は男共の目を惹くだろう彼女を奥側に座らせ、外からは見えないような位置取りで話を聞くことにした。端からは、金持ちのおっさんが若い女の子を連れ込んでいるように見えるだろう。

それはここではよくある光景であり、店の人間も俺達を気にすることなどない。

「それで、どうして俺のところに？」

道行き、軽く話を聞いたところによると、彼女は俺のアパートを目指してあんな場所を走っていたらしい。まあ、衛兵に追われること自体は想定していなかったようだが。

しかし、アクルと名乗った彼女は、続けて自分を「女神」だと言った。

「まあ確かに、女神と言えるくらいには、可愛らしくはあるが……」

彼女を眺めながら言うと、アクルは首を横に振った。

「そういうのじゃないから。確かにわたしは可愛いけど、そういう比喩じゃないの。本当の女神なのよ」

「そうか」

真偽はさておき、そこにつっかかっても話が進まなそうだ。俺は適当に流して、彼女に続きをうながした。

「それで、女神様がどうして衛兵なんかに追われていたんだ？」

彼らも暇ではない。たまたま見かけた女神を追い回すなんてことは、任務の内にはないだろう。

まあ本当に女神かどうかはともかく、この街の信仰心はそれほど高くない。

聖女様と、それを擁する教会は、一定の信心や尊敬を受けている。だが、真に敬虔な信者というのはそう多くないと思う。教会が尊敬されるのも、信仰と言うより、奉仕活動などによるところが大きい。

神とは遥か昔にこの世界を去った存在であり、今やもう、世界を見守ってはいない存在だ。

口にはしがたいが、俺の考えでは太古の神はきっと人間だ。強力なスキルの持ち主を、教会が神と呼んで御旗にしていた、とかだと思う。そのほうが現実的だ。

少なくともこうして、わざわざ現世へ下りてきて人に語りかける存在だとは思わない。

「追われちゃったのは……昔との感覚の違いというか……。ちょっと飽きて放置している間に、人間界がものすごく変わっていたから……というか」

目をそらしながら彼女が言った。その様子は嘘を言っているというより、ミスを指摘されてばつの悪さを感じてるような雰囲気だった。

つまり、本当に女神であると主張しているかのようだが……。

妄想だろう。あるいは彼女は、誇大妄想が膨らむ程度には、強いスキルを持っているのかもしれないな。そういう人間も、たまにいると聞く。

これだけ美しくて、大きな力を持っていれば、それこそ自分が女神であるかのように思ってしまうのも不思議ではないだろう。俺だって今のスキルによる全能感は、最初はすごかった。

もちろん、本当に女神であるという可能性も……ある、のか？

ただ、そのほうが面白そうという点では、信じてみてもいいかな、という気持ちもある。

その程度には、俺は今の生活に退屈しているのだ。世間の全てが灰色に見える今の俺。そんな中で、これまでの人生にないタイプの美女が現れたのだ。乗っかっておくのも悪くない。

「とにかくねっ！」

彼女は強引に押し切ってくる。

「クラートルの力を貸して欲しいの。邪神が復活しそうなのよ」

まっすぐにこちらを見て言ってくるアクル。美少女に見つめられ、名を呼ばれ、力を貸して欲しい、といわれると思わずうなずきそうになってしまうが、その内容があまりにも大規模だった。

「邪神……？」

うろ覚えの神話によれば。神は遙か昔、我らの大地を見捨てたもうた。邪神はそれよりもさらに古い存在だ。無論、全てはおとぎ話。あるいは子供のしつけに使われるような存在でしかない。その脅威も姿も当然、誰も知らないのだから。

「大昔に封印した邪神が、よみがえりそうなの。それを止めるために、わざわざこっちまで来たんだから」

「そうなのか」

俺はうなずいた。別に素直に信じたわけではないが、彼女の言いたいことはわかった。

「この帝国の女帝が、剣を持っているじゃない？　城の地下に置いてあるやつ」

「地下にあるかは知らないが、たしか……神器と呼ばれているやつか？」

「そう、それ」

一庶民である俺としては、その神器も話に聞いたことがあるだけで、見たことはない。

実在するかどうかも定かではない代物だ。けれど国家の象徴的なものとしてみれば、女神や邪神よりはよほど実在するのだろうな、と思う。

「その剣に邪神も封印されているんだけど……封印が解けそうなのよ」

「でも、アクルが女神だっていうんなら、たとえ封印が解けても——ダメなのか？　止められなければ、どのくらい被害が出るんだ？」

神話の時代には、女神が邪神を封印したという。そうであるのなら、封印から復活したところで、同じことができるのではないだろうか。

もちろん、女神と邪神の戦いでどのくらい被害が出るかは定かではない。おとぎ話として残っているくらいだし、人類滅亡ということはないだろうが……。

街一つ犠牲になるくらいなら、あらかじめ避難しておけばなんとかなるだろうが、文明の大部分が失われてしまうほどの被害が及ぶなら困るな。

「あー、う、うん、それなんだけど……なんて言ったらいいかな」

視線をさまよわせるアクル。彼女は少し挙動不審になった後、声を小さくして言った。

「今のわたしだと、昔と同じ強さで邪神に復活されると、封印は出来ないかなーって……。ちっ、違うのよ！　いろいろ事情があるの。サボりすぎて、神格ががた落ちしたとかじゃないの！」

「なるほど……神格がね……」

こんなのが本当に女神なのかという気もするが、真実だとすれば、とんでもない駄女神だ。

「だからっ！」

押し切るように語気を強めてアクルが続ける。

「封印が解ける前に、聖女が持つスキルで押しとどめなきゃいけないの。それを今の女帝のモナルカに言いに行ったんだけど……」

「言いにって……城に入ったのか？　そもそも、どうやって城に？」

女帝に会うなんて、そうそう出来ることじゃない。本当に女神だというのなら女帝も頭を垂れるだろうが、だとしたら彼女はここに来ることなく、話はもう終わっているだろう。

「こっちに現界するときだけは派手に出来るから、女神として神々しく降臨したわよ？」

彼女は、当然だ、というように言った。本当っぽいと言えば本当っぽいし、よく分からないとも言える。最初だけって、どういうことだよ。

「なのにモナルカってば、わたしのことを信じなかったの！　邪神のことも、聖女の力が必要なことも話したのに！」

その反応は分かる。目の前のアクルに女神っぽさを感じるかといえば、俺も微妙なところではある。神々しく降臨したというのが本当だとしても、少しくらい話を聞こうという気にはなっても、アクルのことを信じるかどうかは……怪しい。俺は面白そうだと感じたが、国家の頂点である女帝が真に受けていい相手とは思えないだろうな。

「モナルカはは封印の剣をしまい込んでいるの。封印自体もちゃんと維持しようとしないし、このままじゃ大変なのよ。モナルカになんとか話を聞いてもらうか、聖女を連れて行って、強引にでも封印をかけ直してもらわないと……」

「じゃあ、衛兵に追われてたのは？」

尋ねると、彼女は頬を膨らませた。

「モナルカが、神器にケチをつけたって言って、わたしを捕まえようとしたから逃げてきたの」

それにしては追っている衛兵の数が少なかったな。城の騎士ではなかったし。

だが……モナルカが本気では取り合わなかったとすれば、その程度なのかもしれないな。

変な潜入スキルを持つ、ちょっと可哀想な子……とでも思われたか？　まあ潜入っていうだけで、危険度は高そうだが、このアクルを見ていると……な。たしかに、危機感は薄れる。

「そうなるともう、直接女帝に話をするのは難しそうだな」

女神降臨とやらの状況でさえ失敗している以上、無策でもう一度会っても同じだろう。

とはいえ聖女様のほうだって、アクルがふらっと行っても、女神だと信じることはないだろう。

いや、そうだろうか？　もしかしたら教会の人間には伝わる、神秘性みたいなものがあるのかもしれない。だがそれならば、さっさと聖女のところへ行っているはずだ。自信がないのか？

「なんかこう、聖女になら『女神です』と証明できるようなものはあるのか？」

「ないわよ。わたしにとっては、自分が女神なのは自明だし。あなただって、自分が人間だって証明は出来ないし、必要ないでしょう？」

「そういう概念的な話じゃなくてさ。少なくとも女帝や聖女は、俺を見たら人間だと思うだろ」

「無理ね。本調子じゃないし……あ、でも、クラートルには証明できるかも。クラートルのスキルって、ものすごく強力でしょ。衛兵くらいなら一言で足止め出来たんだから。でも、わたしは女神だから、スキルは効かないわよ」

「ほう……」

自信満々に胸をはるアクル。小柄ゆえに余計に強調されて見える大きな胸がつんと突き出される。

「そうだな……試してみるか」

とりあえず簡単なところでいくか。コインを手にして、彼女に見えるように右手に握る。

そして左手は空のまま同じように握って、両拳を彼女の前に出した。

そして空の左手を少し上げながら言う。

「こっちの【左手にコインが入って】いる。常識だよな。……アクル、コインはどっちに入ってる？」

だがスキルを使おうとした瞬間、微妙な違和感があった。手を払われるような感覚。それは——。

「こっち、右手でしょ。……ね？」

彼女はあっさりと右手を指さした。当然、コインはそちらに入っている。

「クラートルの【常識改変】は強力になっているけれど、本質は元々と変わらないのよ。相手のガードが硬いときは通らないの。ただ、前よりもずっとパワーが強いから、抵抗力が著しく高くない相手には強引に通せているだけ」

「ほう……それじゃ、例えば女帝にそのまま能力を使おうとしても通らないのか？」

「かもね。そもそも先にモナルカのスキルを使われたら、クラートルは近づけないかもしれないし。ただ、スキルの強力さが抵抗力とイコールでもないんだけどね。もしかしたらモナルカは攻めに強くても抵抗力は低くて、あっさり改変できるかもしれない。反対に、スキル自体はそこまで強力じゃなくても、抵抗力が高くて失敗する相手もいるかもしれない」

「それを知っておけたのは、けっこう大きいな」

彼女の知識が、本当であればだがな。

だが俺も実際に、スキルのかかりやすさの差を感じることはあった。しかし、それは例えば「足を止めるだけ」か「ものすごい重さを感じて動けなくなる」といった個人的な意識の差であり、見た目では分かりにくかった。効果自体は、十分発揮していたしな。

大多数には効いても、俺のスキルも絶対ではない、というのは重要な情報だ。

反面、能力が以前の延長であり続けるならば、素の状態では効かない相手でも、条件を整えれば効くようになるということでもあるだろう。

その分析に、俺は久しぶりに少しワクワクとしていた。

能力が覚醒してからは、人生を取り戻すように好き放題してきた。それが嘘のように上手くいきすぎて、ちょっと退屈していたくらいだ。

彼女が真に女神かどうかはわからないが、どちらであってもいい。

見たこともないほど可愛い女の子が、こちらを頼ってくれている。それはときめく展開だった。

「本当に邪神が復活したら、俺も困るわけだしな」

「クラートルだけじゃなくて、みんな困るよ。解けちゃったらもう再封印はできないだろうし、被害は帝都どころじゃないよ」

「邪神をさらに強力に封印する分には、問題は起こらないんだろ?」

「うん。仮に解ける気配がない状態であっても、封印を強くすることに悪いことは何もないよ。というか、そうやって維持をしてきていれば、解けかけるなんてことはなかったんだよ……」

そのあたりは、教会の人が王家に伝え損ねたか何だろうか。少なくとも俺は、女帝が持つ剣に邪神が封印されていることも、それに再封印を施す必要があることも知らなかった。

もしも本当にそういうことが必要なら、少なくとも女帝は知っているはずだろうにな。

女神も女神だ。世界を放置しすぎだろう……ある意味では、お似合いなのかもしれなかった。

「何にせよ、聖女には話してみたほうがよさそうだな。……ところで」

俺は正面に座るアクルに問いかける。

「どうして俺に助けを求めてきたんだ? 女神としては教会の人間のほうがよさそうなのに」

そう言うと、彼女は小さくうなずいた。

「理由の半分は、教会に直接行っても、モナルカのときと同じですぐには信じてもらえなそうだったから。クラートルの能力は、上手くすればそこを変えられるでしょ? それにスキルが強力なあなたのことは、人々の噂でも聞いていたから」

彼女はまっすぐに俺を見つめて続けた。

「もう半分は、女神としてこの世界を守る立場としての勘だよ。わたしの勘が、クラートルなら物事を上手く運んで、邪神の復活を止めてくれるっていってるの」

真剣なまなざしでそう言われて、俺は息をのんだ。

彼女のその目は、その期待に応えようと思うに十分な真剣さだった。

●

教会相手に無策で対応を求めても、追い払われるだけ。

ということで、まずは聖女自身にしっかり話を聞いてもらえるよう、状況を整える必要があった。

何事も準備は大切だ。俺の能力についても詳しくわかったので、抵抗力のある相手にどう通すかを、改めて考えないといけない。

今日はもう夜だし、まずは日を改めるということになったのだが……アクルは行く当てがないようで、ひとまず俺の家に呼ぶことにしたのだった。困った女神様だが、美少女と一つ屋根の下というのもいいシチュエーションだな、なんてことも思いながら家に帰り着く。

「わ、すごいのね」

俺の家を見て、アクルがそう言った。

「スキルさえよければ、どんどん生活がよくなるからな」

以前の俺は苦労していたが、今は一転して、スキル社会の恩恵を思い切り受けている。

元のアパートから三つほど区画が離れた、富裕層向けのエリアに俺の家はあった。

隙間なく建物がひしめくエリアに比べて、周囲の家にも庭があるため、とても開放感がある。

門を開き、庭へ。そのまま前庭を抜けて、玄関へと向かう。右手側には、馬車を置くためのスペースがあるのだが、今は使われていない。

元々馬車を普段使いするような身分ではなかったし、歩くのは好きだ。日頃は遠出しないから、見栄以外で馬車は必要としない。そして見栄をはるような相手もいない。必要なときはチャーターすれば事足りる。

玄関を入るとすぐにホールがあり、二階へと上がる階段が見える。ほとんどの部屋はまともに使われていないけれど、手入れはされている。

「空いている部屋があるから、使ってくれていい。住み込みの使用人はいないから、いろいろと自分でしないといけないが、大丈夫か？」

女神というのが本当なら、そもそも人間界での暮らし自体にも疑問がある。違ったとしても、アクルはいいところのお嬢さんといった雰囲気だ。身の回りのことができるとは限らない。

俺なんかはむしろ、人を常駐させて何でもやってもらうほうが落ち着かないものだが、それはこれまでの暮らしによるものだしな。急速に金を得たところで、根っこの部分まで金持ちにはなりきれていない。

金の使い途《みち》もないから、これが暴走すると一気に成金趣味になるのだろう。

「うん。基本的なことは出来るつもり」

「そうか。ならよかった。着替えとか必要なものは、明日買いに行くか。どのみち、今日明日でどうにかなる話でもいないいんだし」

「えっ、いいの？」

尋ねる彼女に、うなずく。

「見ての通り、生活には困らないからな」

「ありがとっ！」

アクルに行く当てがないなら、美少女が一緒に暮らしてくれるというだけでも、場合によっては十分な報酬だろう。

嘘か本当か女神だと言ったり、育ちはよさそうなのにお嬢様とはかけ離れた雰囲気だったり、いろいろと不思議な娘だ。それでも、目を惹く美人であることに変わりはない。

スタイルもよく、特に幼い雰囲気に反して胸が大きく、露出の多い格好のこともあってかなりセクシーだ。そんな女の子が、無防備に家に転がり込んできて、無邪気に笑みを浮かべている。

据え膳食わぬはなんとやら、というのを別にしても、なかなかに欲望をくすぐる状況でもある。

それにさっきの話からも、【常識改変】の効果について確認したいことが、いくつかあるんだよな。

俺はそんなことを考えながら、彼女を部屋に案内したのだった。

「風呂上がりにマッサージでもどうだ？」

しばらくして。タイミングを見計らって彼女の部屋に向かい、声をかけた。

「へえ、いいわね」

アクルはあっさりと乗ってきた。女の子としては無防備すぎる気もするが、やはり使用人とかに奉仕されることに慣れているのかもしれない。

これ幸いとばかりに、俺は彼女にマッサージを行うことにした。

うつ伏せに寝そべった彼女に跨がり、まずは肩のあたりをマッサージしていく。

「んっ……」

なめらかな肌に触れながら、こりをほぐしていく。とはいえ、そこまで凝っている訳ではないので、どちらかというと気持ちよくすることを目指しながら、その身体に触れていった。

きわどすぎる格好のアクルがベッドにいる姿は、不純な気持ちを湧き上がらせてくる。

俺はその気持ちを隠しながら、マッサージを続けていった。

アクルの柔らかな身体、さわり心地のいい肌に触れて、好きにいじっていく。

「あふっ……」

彼女は気持ちよさそうな声を漏らし、俺に身を委ねていた。

リラックスして、油断しきった状況。それは心の防壁が解かれている状態でもある。

「それじゃ、下のほうにいくな」

言いながら、背中から腰へかけてマッサージしていく。まだまだ通常の範囲内ながら、肩や背中

より は内側であり、プライベートな部分だ。

彼女はそれを受け入れて、気持ちよさそうにしている。すでに準備は整っていると言えるだろう。

俺はスキルを使いながら、先へと進んだ。

「これはマッサージだから、【何にもおかしくはない】ぞ」

そう言いながら、彼女の丸いお尻へと手を伸ばした。

「んんっ……」

ハリのあるお尻を、むにむにと揉んでいく。あくまでもマッサージ、といった雰囲気を出しつつ、尻肉を堪能していった。

「んぅっ……はぁ……」

彼女は俺を止めることなく、それを受け入れている。まだマッサージだと思っているのか、それとも【常識改変】が効いているのか。

あの時のような、能力がはじかれた感覚はない。しかし、拒絶されていないだけであり、効いているのかどうかはまだわからない。俺はさらに攻めるように、内側へと手を滑らせていく。

「ここもほぐしていかないとな」

「んぁっ！」

足の付け根に手を触れると、アクルが大きく声をあげた。

「んっ、そこ、はぁ……んぅっ……」

布越しに彼女の割れ目をなで上げる。本来ならば明らかにマッサージではなく、すぐに逃げそうなものだが、彼女は大人しく受け入れていた。

「これ、ちょっと、んっ……」

指先で割れ目をなぞり、往復していく。

「ここは、【よくほぐさないといけない】だろ？」

そう言いながら割れ目をいじり、布越しに軽く指先で押し広げる。布の向こうで彼女のアソコが口を開くのがわかった。

「んぅっ……！」

俺はそのまま布越しにおまんこをいじっていき、彼女の反応を確かめる。

「あふっ……ん、はぁ……」

アクルは艶めかしい吐息を漏らしながらも、俺に身を委ねていた。そしていじられているそこからは、愛液がしみ出してきた。

「あぁ……ん、うぁ……」

この様子なら、確実に効いているのだろう。素では抵抗されるような相手でも、気が緩んだ状態や、隙のある状態ならばスキルが問題なく通るのを確認できて一安心だ。

本当に必要だった確認は、これで済んだとも言えるが……。

目の前には、無防備におまんこを濡らした美少女がいる。この状態でおあずけはないだろう。

ここから先の言い訳をするならこうだ。

女神相手に常識とはかけ離れたことをしても大丈夫……という確認をしておけば、どんな相手にでも無茶な要求が可能だということになる。

それは、これから聖女や女帝を相手にする上でも、必要な確認なのだと。

常識を改変し、言うことをきかせるのは、それが本人の今の意識と近いほど容易になる。

逆に、常識からは遠い行為ほど難しい。

お尻ならばまだ、マッサージの範疇だったかもしれない。だが、秘裂をいじり回すのはまず違う。

そしてこのあとの……セックスは間違いなくかけ離れていと言えるだろう。

その状態でももし、彼女が俺の言うことをきくならば……完璧だ。

そんなことを考えはするが、実際にはもう、秘部を濡らす美少女に我慢ができない。

俺は彼女を優しく半回転させた。

「んっ……」

どこかぼんやりとしながら、されるがままに仰向けになるアクル。

俺はそんな彼女を前に、自身のズボンと下着を脱ぎ去った。マッサージと称した愛撫を彼女に行いながらも、その艶姿と発情の香りでフル勃起した肉棒をさらけ出す。

「あっ……それ……」

アクルは剛直を目にした。けれど即座に反応することはなく、ぼんやりと勃起竿を眺めている。

「次は普通に、【これを使ってマッサージして】いくぞ」

「マッサージ……」

「ああ。【これもマッサージ】だ。女神でも知ってるだろ？」

「んっ……そうね……知ってる」

「特別なマッサージだからな」

「うんうん。殊勝な心がけね」

アクルはあっさりと提案を受け入れる。その様子に、俺は滾る思いのまま、彼女へと近づいた。

そして股間の布をずらし、彼女の濡れたおまんこをついに露出させた。

「んぅっ……」

恥ずかしそうに身をよじるアクル。その秘部は、これまでに見たことがないほど整っていた。

「マッサージだからさ。力を抜いてくれ」

言いながらも、ピンク色の綺麗な秘裂から目が離せない。そこはあまりに初々しかった。

「あっ……ん、そうね……」

彼女は指示に従って、力を抜いていく。そして女の子の秘めたる場所を全て俺へとさらした。

俺は猛る肉棒を、小さな膣口へと近づけていく。

彼女の片足を持ち上げるようにして拡げさせ、その部分をあらわにすると、肉竿をあてがう。

「うぁ……硬いのが、んっ……」

肉竿が女神のおまんこに触れ、くちゅり、といやらしい水音が鳴る。

焦らすようにつんつんと陰唇を刺激すると、アクルの身体がぴくんと反応した。

「入れるぞ」

俺はゆっくりと腰を進め、彼女のおまんこをかき分けていく。

「んぁっ、あっ、ん、はぁぁぁっ！」

「うぉ……これは……なんという」

予想以上にキツい膣内が肉棒を締め付ける。熱く濡れた膣道が肉竿を咥え込み、ぎゅっと刺激する。それはまるで処女のような締めつけ。女神様のおまんこは、とても気持ちいい穴だった。

「んぅぅっ、あっ、ん、中に、これ、ん、はぁっ……！」

アクルは膣内に侵入してきた異物を、必死に受け入れているようだ。

俺はそんな彼女が落ち着くまで、少し見守ることにした。まさか本当に初めて……なのか？

どこかのお嬢様なら、それもあり得る。太古からの女神であるなら……どうなんだろうな。

いずれにせよ最高の秘穴を味わいながら、肉棒を挿入した状態で無理には動かずにじっとする。

「あっ……ん、はぁっ……」

その間も、膣内はうねり、肉棒を刺激してきた。

「あふっ、ん、はぁっ……」

やがて彼女が落ち着いたのを見計らって、俺は腰を動かし始める。

「んぅっ、あっ、中で、動いて、ん、ふぅっ……」

膣襞が肉棒に吸い付き、擦り上げてくる気持ちよさを感じながら動かし、膣内を往復していく。

「んっ、はぁ。本当に、これ、普通なのよね……？」

快感で気が緩んだためか、少し疑問を抱いた様子のアクル。

俺はそんな彼女に言い聞かせるようにしながら、抽送を行っていった。

「ああ。【内側からしっかりと】ほぐしていかないとな。気持ちいいだろ？」

片足を上げ、その膣内に男の肉棒を受け入れている彼女。

常識改変によって少しぼーっとしているのが、かえってエロい。

「ん、そうかも、確かに、あっ♥　気持ちいいけど、んんっ……」

明らかにセックスをしているというのに、彼女はこれがマッサージだという常識を信じている。

ここまでしても平気なら成功だろう。やはり一度、気を緩ませてスキルを食い込ませた後は、抵抗力の高い相手でも好きにできるということだ。

この先、聖女や女帝を相手にするにも、これは重要な情報だ。

そこでスキルについての考えは打ち切って、この快感を目一杯楽しむことにする。

セックスのことを考えないなんて、抱いている相手にも失礼だろう。

「んぁっ、そんなに、勢いよく、ん、あっあっ♥　マッサージされると、わたし、んぁ、なんだか、あっ、んはぁっ！」

嬌声をあげ、乱れていくアクル。

その可愛くもエロい姿に、ますます俺の欲望が滾《たぎ》って抽送を続けていく。

「あぁっ、ん、くぅっ、なにか、すごいのがきちゃうっ、お腹の奥、んぁ、はぁっ、深いところから、気持ちいいのが、ん、ああっ♥」

快楽に声を漏らすアクル。その膣内がうねり、きゅうきゅうと肉棒を締め付ける。

俺のほうも、おまんこのキツい締めつけに限界を迎えつつあった。

そのままピストンを続け、上り詰めていく。

「あつ、ん、はぁ、もう、だめぇっ……♥　わたし、ん、あっ、おかしくなりゅっ……♥　んぁ、あっあっ、んはぁぁぁぁっ！」

彼女が絶頂を迎え、大きく声をあげていく。

同時に膣内がきゅっと収縮して、肉棒から精液を搾ろうとうねる。

あまりの気持ちよさに耐えきれず、俺は彼女の膣内で遠慮なく射精した。

「う、おぉっ……」

「あうぅぅぅっ♥　中、熱いのがびゅくびゅくって、ん、はぁっ、あうぅ♥」

中出しを受けて、さらに嬌声をあげていくアクル。

俺はそんな彼女の膣内に、思うまま精を放っていく。

「あうっ、ん、はぁっ……♥」

絶頂しながら中出しを受けたアクルは、快楽の余韻に脱力していく。

俺は肉棒を引き抜き、彼女の足を下ろした。

「んぁ……はぁ……」

彼女は仰向けで荒い呼吸を整えていく。軽く開かれた足の付け根では、肉竿を咥え込んでいたおまんこがまだ薄く口を開き、混じり合った体液を垂らしていた。

そのエロい光景を眺めながら、俺は一呼吸つくのだった。

●

ぼんやりとした明かりに、少し痛んだ木の床。曖昧な不安が手を震わせる。

周囲の騒がしさと、酒の臭い。その下品な声のいくつかは、俺をあざ笑っていた。

悪夢を見ている。懐かしい光景に、そう悟った。

悪夢だとわかっても目が覚めることはなく、周囲が思い通りになることはない。

もうこの場所には居なくていいんだ、と理解しつつも、俺の足は動かなかった。

弱いスキルだと……俺を嘲る声がそこら中から響く。

今の俺なら、どうとでもなることだ。スキルこそが人の価値である。そんな世界中の常識さえも改変したっていいし、もっと過激な手段に出たっていい。

どうせ俺を虐げて喜ぶような奴らは、一歩外へ出れば逆に、虐げられる側の人間でしかない。

下が、より下を見て安心しているだけだ。

なんでもない自分も、真の底辺ではないと確認して心を支えているだけの弱者たち。

今の俺の、覚醒した【常識改変】があれば一蹴できるような存在。

だからもう、こんなところにいる必要はない。

鳴り止まない嘲笑が、そうとわかっていても落ち着かない気分にさせる。

夢だからだ。これが目覚めているときなら、すぐにでも動くのに。

夢の中では、俺自身が過去の自分と混じり合って、力を発揮できない。

現実の俺は、この世界の常識に則《のっと》って、強者としてもっと落ち着いた場所にいる。

気まぐれで過去の場所に顔を出しても、もう同じ扱いを受けることはない。たとえ過去の俺を知っている相手がいたとしても、即座に意識を塗り替えることができる。

それでも、どこかざわついた気持ちで、ただ悪夢が覚めるのを待った。

やがて、全てが遠のいていく……。


目を覚ましたのは、まだ夜中だった。部屋は暗く、隙間から差し込むのも淡い月明かりだ。

隣から、小さな寝息。安らかな寝顔を浮かべているアクルが、俺の隣にいた。

着乱れて少し危うい姿さえも、なんだか彼女らしい。女神だと名乗った彼女は、神秘さという点では疑わしいものの、少なくともその見た目は紛れもなく極上だった。

そんな美少女が、俺の隣で安心しきって寝ている。

俺は優しく、彼女の頭を撫でた。

艶やかな髪の感触。眠っているアクルは、もっと撫でろとばかりにこちらへと身を寄せた。

無防備で可愛いらしい。そんなアクルと身体を重ねたのも事実で、一緒に寝ているのだ。

今の俺は、かつてとは違うのだ。

俺は再び目を閉じて、眠ることにした。次はもっと、いい夢を見よう。

いや、今ならばむしろ、目が覚めているときのほうが幸せだ。

起きたときの彼女の騒がしさを想像しながら、俺は明日を楽しみに、また眠りへと落ちていった。

第二章　聖女ロフェシアへの接触

女帝モナルカは高貴な立場に加えて、本人の印象としても近寄りがたい存在だと思われている。

帝王として人の上に立つ以上、在り方としては妥当だが、俺たちにとっては厄介な状況だ。

反面、聖女ロフェシアは特別な存在ではあるものの、帝王よりは国民に近い位置にいるし、本人も人々との交流を積極的に持つタイプだった。

庶民にも優しく接する姿は、まさに聖女だと評判である。

それだけでなく、聖女とは実際に、庶民でも会話できる場があるというのも大きい。

聖女は一ヶ月に一度、大礼拝のときには人前に姿を現すのだ。状況によっては、そのときに言葉を交わすことも出来る。

とうの昔に、神が去った世界。神秘は既に、遠い過去のおとぎ話だ。

それでも教会は、人々の生活に入り込むことで、その力を維持している。それは市井の人と接することであり、権力者と手を組むことでもある。

無論、実際には聖女とそれなりの話をするには、なにか準備が必要だ。

しかし今の俺にとっては、それなりの何かさえあればいいという条件は、ものすごく楽だ。

聖女が信者と会話するのは、普通のこと。悩みに理解を示すのも、当然のこと。

そんな「当たり前」がすでにあるので、それはそのまま、スキルの通りやすさを意味する。

女帝のほうはそもそも、一市民が謁見することさえあり得ないため、ねじこめる余地がないのだ。

そんなわけで計画どおり、話が出来そうな聖女のほうを攻略することになった。

さすがに聖女ともなれば、女帝と話す機会を作ることも不可能ではないのだろうしな。

「やっぱり、アクルが女神として認識されれば、一番手っ取り早いんだけどな……」

「むうっ……モナルカじゃなくて、ロフェシアのほうに降臨するべきだったわね。封印の剣を持ってるモナルカのほうが、話がスムーズだと思ったのに」

「ところでアクルって、どういう立ち位置の女神なんだ？」

「立ち位置？」

「神様にも、役割ってのがあるんだろ？」

異国には全知全能の唯一神を設定しているところもあるようだが、この国は多神教だった。

帝国の教会が主神に掲げているのはデウス神であり、天と地の神とされていた。

「あー、それね……？」

アクルは歯切れの悪さを見せた。その様子に、もしかしてこいつこそが邪神とかじゃないだろうな、と一瞬思ったが、邪神にしては邪気がなさ過ぎるというか計画性がないというか、平たく言うとポンコツ感にあふれている。

世界の危機とは無縁そうだ。いや……逆に本人は心から善側だが、無意識にやらかして世界を危機に陥れるとかは、案外あるかもしれない。などと俺は、失礼なことを考えていた。

「あえて言えば、心とか精神の神様？　みたいな感じかな？」

大分ふわっとしている。だが、そもそもなんとかの神様……みたいなのって、人間側が名付けるものだし、神様本人たちからすれば、そんなに重要なことでもないのかもしれない。

「神様らしい、特殊スキルとかはあるのか？」

心を司る神なら、それこそ【常識改変】の上位版みたいなスキルを持っていてもおかしくはない。だが、だとしたらモナルカにあっさり追い返されてもいないだろうし、そういうのとは無関係なものなのかもな。

「神は、スキルは持ってないわよ？」

彼女はあっさりとそう言った。

「それは人間の特性だもの。神もいろいろな力は使えるけど、今の切り札になるような特殊能力は、わたしにはないわね」

「そう……なのか？」

あまりにも自然な様子で言うので、こちらも、そういうものか、と納得してしまった。

スキルで人の価値が決まる世界だ。自分のスキルを大きく言うことはあっても、ないと言い切るというのは考えにくい。

そう言うところからも、彼女は本当に女神なのかもしれないな、と思う。

それにしては人間味あふれすぎというか、神としての威厳や荘厳さというものが皆無なので、いまいち信じ切れない部分が残るのだが。

まあ俺は、実はどっちでも構わないと思っている。女神であればスケールの大きい話でワクワクするし、そうでなくても、こんな美少女と行動するのは心躍るものだ。エッチもしたしな。

このあとさらに、聖女と女帝を相手にするというだけで、退屈しのぎには十分だ。

ちょっと前までの俺からすれば、想像もしなかったことだしな。

ひとまず、俺達は教会に向かうことにした。

大礼拝の日はまだ先だが、その日に聖女と会うには、あらかじめ申請しておかないといけない。

当然と言えば当然で、本来はそんなにふらっと会える相手ではない。街の有力者とかが優先だ。

だが、ここは俺のスキルの使いどころだろう。簡単に準備を済ませ、教会へと向かう。

「そういえば、この屋敷ってかなり静かだし、馬車もないよね。家が大きいのに人を雇わないのって、こだわりなの？」

道を歩いていると、アクルが尋ねてきた。

「こだわりというほどじゃないが、家の中に他人がいるって状態に慣れてなくてな。掃除とかは、通いで呼んではいるぞ」

そう言いながらも教会を目指していく。時折馬車は通るものの、この辺は高級住宅街なので、自分で歩いている人は少なかった。

「ふうん……そういうものなんだ」

貴族や生まれながらの金持ちならば、家に住み込みの使用人がいるのは当たり前なのだろうが……

元が庶民で、スキルにも恵まれずに貧乏だった俺からすると、なんだか落ち着かないのだ。

金銭的には可能だが、望んではいない。

「アクルは……まあ女神様だったら、人に世話を任せるほうが普通なのか」

「んー、そもそもこうして現界していない限り、世話自体が必要ないからね」

「なるほど。つまり、こうしている間だけ、人間に近い生活になるのか」

「そうね。なんとなくだけど、ちょっと見たことないスキルをいろいろもった人間……くらいの感覚なんじゃないかしら。人間からしたら」

「ほう……」

一応俺は、彼女を女神だと信じることにした。これまでの説明にも、納得はしているからだ。

でも、その程度の違いであるなら、人間であっても矛盾はないんだよな……。

スキルは人間にとって切り札ではあるが、絶対に代替不可能な能力なわけではない。

剣術スキルや魔法系のスキルは花形だが、誰だって剣を振るえば人を殺せるし、魔法だって学んでいけば、いつかは成長するかもしれない。不可能とはされていないからだ。

となれば、アクルの持つ見たことない力とやらも、人間だってできるのかも知れないしな。

「女神っぽい神々しさがあまりないのも、今は人間と変わらないからか？」

「……そ、そうねっ！　人体には後光とかささないし。多分それで、わたしの持つそーごんさとかしんぴてきな感じ？　が出てないのよ。うんうん」

「……そうだな」

明らかに荘厳さも神秘的な雰囲気も感じられないアクルの様子を見ながら、多分フルスペック状態の彼女であっても、神々しさはないのだろうな、と思った。

まあいい。実際に女神っぽかったら接しにくい気もするし、エッチなこともできなかっただろう。

アホっぽいくらいで、ちょうどいいかもしれない。

「むっ、信じてないわね？」

「保留だ」

あしらうようにそう言いながら、道を進んでいく。

高級住宅エリアを抜けて商店などが並ぶ区画へと向かうにつれて、建物の間隔が狭くなり、ぎゅっと密集するようになる。そして、多くの人が歩く姿が見え始めた。

「わ、なかなかに賑やかね」

広場にたどりつくと、そこを行き交う人々や並ぶ露店に、アクルが目を輝かせた。

「はぐれるなよ。必要な買い物とも合わせて、帰りに寄るからさ。とりあえずは教会に行こう」

「わたしのこと、目先の楽しそうなことにふらふら引き寄せられる子供だと思ってる？」

まあ、わりと。今を目を輝かせて、かなり気になっている様子だったし。

口には出さずに、そう思った。

「行きに買い物すると、荷物が増えるからな」

そう話をそらしながら、広場を抜けていく。

「わ、食べ物もいろいろ出てるのね」

アクルは屋台を見ながらそう言った。その目は食べたことないものに興味津々、といった様子だった。無邪気な姿はなんだか少し癒やされる。

「ああ。レストランとは違うが」

彼女はやはり、貴族的なタイプではないようだ。雑多で庶民的なところにもプラスの興味を抱いて楽しそうにしている。落ち着いたマナーのある食事、いい食材に一流のシェフしか認めない、という貴族は多い。屋台や食べ歩きなど、論外なのだろうな。

高級料理は高級料理で良いが、ジャンクフードはジャンクフードで楽しめるにこしたことはない。お高くとまっているだけで、どうせ違いのわかる舌を持っていないくせに、とまでは言わないが、俺にはアクルのような反応のほうが好意的に受け取れる。

そんなふうに屋台に興味を惹かれるアクルを連れて、広場から教会のほうへと道を行く。

教会の側まで来ると幾分賑やかさは減るものの、十分なほど人通りはある。

皆、教会が近づくにつれて幾分、厳かな気持ちになっていくのだろう。

俺としても、スキルを使って聖女と会えるように交渉を行うため、少しは緊張するのだった。


教会の敷地内に入り、まずは一般公開されている大聖堂へと向かう。

今日はまだ大礼拝の日ではないが、それでも大聖堂には多くの人がいた。

ここで生活している教会の人々もいるのだが、それ以外にも、日々の祈りを捧げに来る敬虔な信徒が多い。俺達は礼拝が目的ではないので、メインとなる礼拝堂ではなく、その横に伸びる廊下から奥を目指すことになる。

「これって……」

「ああ、神々を描いた壁画だな。これはレプリカだそうだが」

古い教会に残されていた壁画そのものは、一般公開されていないエリアに安置されているという。

だから普段人々が目にするのは、このレプリカのほうだ。

歴史的な価値という意味では劣るものの、新しいだけあって色鮮やかであり、これといって詳しくない人間が見る分にはむしろよさそうだ。

オリジナルのほうも時折、限定で公開されているのだが、あまり熱心でない俺は見たことがない。

「むっ、もしかして、この端っこのほうにいるのがわたしかしら」

彼女は壁画を見ながら言った。

中心にいるのは教会が主神としているデウスで、その周囲に様々な神々がいる。

アクルを含め、他の神々については言い伝えも少ないらしい。神学者や教会の聖典以外にも詳しいような司祭はともかく、庶民にはほとんど知られていない。

「邪神を封じたのにぃ……もっと真ん中のほうに、大きく描いてほしいわ」

軽く頬を膨らませる様子は可愛いらしいが、そのぶん女神らしさからはほど遠い。

「あと、全体的にあまり似てないわね。そういう描き方なのかしら」

「まあ、古いものの更にレプリカだし、いろいろあるんだろうな」

そもそも、描いた人間だって神様なんて見ていないのではないかな？

主神以外の神々については、そもそも基本の容姿を知らない。アクルだという女性神を見る限りでは、本物のほうがずっと可愛い。

一致する特徴もけっこうあるのだが、同一人物かどうかと言われると怪しいな。

顔もそうだが、胸もずいぶん慎ましやかに描かれている。逆に、騒々しさはまったくないからか、絵のほうが落ち着いた神様らしい雰囲気はあった。

アクルから女神らしさを奪っている理由の一つは、賑やかな言動だしな。

そんなふうに俺達は壁画の横を通り過ぎ、奥で教会の関係者と話をする。

「今度の大礼拝のことで、相談があるんだ。どうしても聖女様にお目通り願いたくてね。大礼拝の担当者と話が出来るかな？」

まずはカウンターにいたシスターに声をかける。同時に【常識改変】を行い、俺は、【その担当者に話をつなぐのが当然】な大物である、と認識を塗り替える。

「お待ちください。すぐに呼んでまいります」

彼女はそう言うと、奥へと引っ込んでいった。

「思っていたよりも、さらに順調ね」

「まあ、ここまではな。そんなに難しいことじゃない」

教会に、貴族や大商人などといった無碍に出来ない人間が尋ねてくることはよくあるだろう。

シスターに、俺もそういった人間の一人であると信じ込ませるのは、そう難しいことではない。

スキルへの抵抗力に関しても、聖女などとは違って普通だろうしな。

数分ほどして、先ほどのシスターが戻ってくる。

「お待たせいたしました。こちらへどうぞ」

「ありがとう」

シスターに案内され、俺達は奥にある個室へと通された。教会らしく、華美さのない落ちついた室内だ。ソファとテーブルがあるシンプルな構成だが、客人対応用のためか、質はよさそうだった。

「ようこそお越しくださいました」

俺を出迎えてくれた司祭が、穏やかに微笑む。

庶民育ちの俺だが、最近はスキル効果もあって、丁重な扱いを受けることも増えていたため、司祭のそれにも落ち着いて応えることができる。

俺は挨拶をし、いくつか雑談を挟みつつ、俺を正式な客人――貴族ではないので、商人寄りの有力者――だと信じ込ませて、本題を切り出した。

「今度の大礼拝で、聖女様にご挨拶させていただきたくてね」

そしてさらに【常識改変】のスキルを使い、取り計らってもらえるように上手く促《うなが》す。

司祭は、貴方なら当然だ……というように頷いてくれた。

俺はそうしながらも、追加として、準備していたものをテーブルへと載せた。

「ありがとうございます、司祭様。これは、いつもの寄付です」

すでに客人という立場で改変を行っているため、二度目の改変はかなりハードルが低い。一度改変を受け入れた相手には、次からはその経験がバックドアのように作用する。

その上で、こうした多額の寄付もあれば、俺を知らない司祭たちもまた、有力者の一人として当日も納得するだろう。

権力と寄付には応える。それは今の教会にとっては普通のことだ。この手配に、矛盾は無い。

アクルの存在はともかく、神が世から去って遥かに長い時を経た今、教会は社会の中で上手くやっている。それはつまり、金や権力と無関係ではない、ということだ。

「これはこれは……いつもありがとうございます。次の大礼拝の後、しっかりとご案内させていただきますね。クラートル様」

「それとこれは、お願いで手間をかける分、あなたに」

そう言って追加で包みを差し出すと、司教は言った。

「いえ、こちらのほうで、クラートル様の神へのお気持ちは伝わっております。私個人に対して、このようなことをしていただく必要はありません」

そう言って、彼は穏やかな笑みを浮かべる。

教会は社会の濁りを受け入れてはいるが、そこにいる人たちまで総じて『器用』という訳ではないようだ。なんとなく、こちらまで健やかな気持ちになる。俺のほうが汚れていたようだな。

それもまた、教会の魅力なのかもしれない。

「それは失礼した。ではこちらも、教会へと寄付させてほしい」

「それでしたら、喜んで」

司教は金を受け取ると、寄付金とひとまとめにしまいこんだ。

「それではまた、大礼拝の日に」

「ありがとう。聖女様にも、よろしくお頼みします」

俺は司教に挨拶をして、部屋を出た。

そのままカウンターに戻り、シスターにも挨拶をして教会を離れる。

「女神だと主張せず、静かにしていたな」

俺は隣にいるアクルへと声をかけた。壁画の件でなにか言いそうだったので、少し意外だった。

「まあ、信じてもらえないと、またややこしいことになるしね」

何かとはしゃぐことが多いから、幼い印象を受けるアクルだが、本当に子供ってわけではない、ということか。

俺は彼女を見る。小柄で幼い顔立ちと、露店にはしゃぐ様子だけを見れば子供っぽくはあるが……大きく膨らんだ胸はセクシーであり、彼女が立派な大人の女性であることを見せつけてくる。

「どうしたの？」

彼女は俺の視線に、首をかしげた。

「わたしが大人しくしてたのが、そんなにおかしい？」

「いや……まあ、ちょっとは」

「むぅ……たしかにあまり得意じゃないけど、状況くらい考えるわよ」

彼女は頬を膨らませる。そんな仕草も、可愛らしくて子供っぽいのだが。

「用事は終わったし、このあとは買い物がてら街へ行こうか。さっき気になっていた物もいろいろあるんだろ？」

「いいの!?　いこいこっ」

そう言って、彼女は急かすように俺の手をぎゅっと握り、ペースを上げた。

「うぉ……」

俺はその勢いに引っ張られる。

ワクワクを隠さないその姿は、やはり先程静かにしていたのが不思議なほどに元気だ。

俺はそんなアクルに引かれながら、広場へと戻るのだった。

●

夜になり、夕食を取り終えて、後は寝るだけだ。

俺はそこで、抵抗力の高い相手にも、二度目以降の【常識改変】は通じやすいのか確認するため
……という名目で行動に出る。

美少女であるアクルに抱く劣情を解消するため、再びスキルを使うことにしたのだ。

今度はマッサージといった理由もなく、普通に過ごしているアクルに突然スキルを使う。

「アクル、勝負をしよう」

「勝負？　なんの？」

彼女は首をかしげた。

突然何を言っているんだ、と探るような目ではあるが、すぐに不敵な笑みを浮かべる。

「わからないけど、いいわよ。わたしの女神パワーで蹴散らしてあげる♪」

そう言ってぐっと胸をはるアクル。その巨乳がたゆんっと揺れて、俺は思わず目を奪われた。

「どっちが相手を気持ちよくして、イカかせられるかの勝負だ」

「気持ちよく？　それって……えっと……」

一瞬、思考が止まったアクルだが、意味するところに気付いて顔を赤くする。

「あ、あんた、女神相手になに言ってんのっ！　それってつまり、そ、そのっ！」

俺のスキル【常識改変】は、あくまでも相手の常識、基準やルールを変えるものであって、記憶や人格を塗り替えるものではない。

ぼーっとしたり、その場での判断力が落ちるというようなことはあるが、【忘れるのが常識だ】とでも釘をささない限りは、自分の身に起きた出来事そのものが消えるわけではない。

けれど、俺にスキルを使われたことを感知できる訳ではないので、スキルをかけられた側からすると、酒に酔った勢いでやらかしたときとかと同じような記憶になる。

つまり前回のセックスは、アクルにとってはマッサージの延長であり、自分が望んでした、ごく普通のコミュニケーションなのだ。そう記憶されているはず。

無意識に自分の判断であると思い込むこと。ごく普通のことだったと信じていることが、俺のスキル【常識改変】の強いところだ。過去の記憶に疑問を持ったりはしない。

「また……そういうことをしようとしてるっ！　あ、あれはマッサージだったし！」

顔を赤くして声を荒げる彼女は、これはこれでなんだかそそるな……などと思いながら眺める。

しかしこの様子では、その魅力的な身体を味わうことはできないな。

アクルはまだ素面《しらふ》では、男とそういうことが出来るほどには、セックスと受け入れてはいないようだった。

それならば。

「勝負とはいっても、ただの余興だよ。【人間とのコミュニケーション】は大事だろ。マッサージだってそうだったんだし。神話でも【セックスで神様が人間に勝つ】ことは常識だしね。でもいいさ。万が一にも女神が喘がされるのは恥ずかしいからな。勝負なんてしたくないよな？」

今回は彼女のほうから積極的になってもらいたい。だから煽るように言いながら、重ねてスキルを発動させる。

煽りに乗りやすいだろうアクルだ。

しかも一度は【常識改変】を受けているため、マッサージのような前置きがなくとも、彼女はあっさりと乗せられてしまう。

「はぁ!?　そんなんじゃないわよ。いいわよ！　やるわ。わたしの魅力でクラートルのおちんぽを、いっぱい負かしてあげる」

勢いよく言ったアクルに、俺は思わず浮かびそうになる笑みを抑える。

アクルはその振る舞いこそ成熟した女性とは言いがたいものの、若く元気にあふれる姿は魅力的だし、小柄ながら大きな胸は十分なエロさを備えている。

「すぐにあんあん言わせてやるんだからっ！」

その女神らしからぬ言動で、スキルが完全にかかっていると確信する。

ベッドに着くと、自分から服を脱いでいく彼女。だが、俺に対して闘志を燃やしつつも、裸を見せるのは恥ずかしいようだ。でも、それを知られるのも気に入らないとばかりに、顔を赤くしながらも、勢いよく脱いでいく。

恥じらいながらも大胆に脱ぐ女神様。なんという素敵なシチュエーションだろうか。

意地をはる可愛いらしさはどこか微笑ましいが、その結果として、たゆんっと揺れながら現れたおっぱいは暴力的だった。

「ふ、ふふんっ……。わたしの胸に、さっそく興味津々みたいね」

おっぱいをガン見されて少し恥ずかしそうにしながらも、アクルは得意げに言った。

女の子としての恥じらいと、負けず嫌いな態度。おっぱいが俺への武器になると判断した彼女は、その巨乳を見せつけるようにこちらへと突き出した。

「ほら、こうして、んっ」

彼女は軽く身体を揺らす。するとその大きなおっぱいも、たぷんっ、ふよんっと揺れる。

その魅惑の膨らみに、思わず目が惹きつけられてしまう。

たとえこれが本当に真剣勝負で、俺が勝とうとしていたとしても、目を奪われていただろう。

もちろん俺は負けてもいいと思っているので、葛藤なくそのおっぱいの揺れを堪能させてもらう。

「あはっ、クラートルってば、すっごいえっちな目になってるわね」

彼女自身も恥ずかしがりつつ、しかしそれ以上に効果的なことを知って、女の武器を有効に使ってくる。

「ほら、クラートルだけ服を着ているなんてずるいわよ」

「あ、ああ……」

彼女はそこで一度胸を揺らすのをやめ、俺にも脱衣をうながす。

そして彼女自身も、残っていた服を脱いでいった。

俺も服を手早く脱ぎながら、アクルを眺める。

下着まで脱いでいくアクルは、こちらを意識していないようで、その姿もまたそそる。

先程は自覚的に胸を揺らして誘惑していただけに、無防備な脱衣シーンが背徳的に感じられた。

「クラートル……あっ……」

下着を脱ぎ、つるりとした無毛の割れ目をあらわにしたアクル。

生まれたままの、まぶしい裸体をさらした彼女が俺のほうを見て、その視線を一点でとどめた。

さきほどの胸揺れと無防備な脱衣シーンで、すっかりと存在を主張するようにそそり勃っている肉棒。アクルはその勃起竿に視線を向けている。

異性にまじまじと見られるのは気恥ずかしくもあるが、それ以上に、俺もアクルの裸を眺めていられるので、とても魅力的な状況だ。

「も、もうそんなになってるのね……」

彼女は肉竿に目を向けたまま言った。

「ああ、勝負の準備は出来てる。ほら、こっちへ」

俺はベッドへと上がり、彼女を呼んだ。アクルもベッドへと上がり、俺達は向かい合う。

俺は早速、彼女のおっぱいへと手を伸ばした。

「あんっ、んっ……」

むにゅんっと揉むと、柔らかな巨乳が俺の指を受け止めてかたちを変えた。

「あっ、んぅっ」

両手でおっぱいを揉んでいく。極上の感触が手に伝わり、俺は湧き上がる欲望に押されるように、その柔らかおっぱいを堪能していく。

手の動きに合わせて指の隙間からあふれる乳肉もいやらしく、俺は夢中になっていった。

「あふっ、ん、ずるい、あっ、んっ♥」

胸をいじっていると、彼女の口から甘い声が漏れてきた。

俺はさらに胸を揉み、指先を動かす。

「あっ、ん、はぁっ……♥」

「乳首、反応してきてるな。ほら」

俺は指で乳首を挟み込むと、くりくりといじる。

「あぁっ♥　ん、だめっ、んぁ……」

乳首をいじられたアクルが、ぴくんと反応しながら喘ぐ。

その様子を楽しみながら、彼女を煽ることにした。

「ほらほら、女神様はこのまま一方的に、可愛く感じさせられるだけか？」

「んぁ、そんなわけ、ん、ふぅっ……」

アクルはそこではっとして、気を取り直したようだ。

「わたしだって、んっ……」

彼女はおずおずと、俺の肉竿へと手を伸ばしてくる。

アクルの細い指が、控えめにきゅっと肉竿を握った。

「きゃっ、これ、ぴくんって動いたっ！」

その淡い刺激と、アクルがチンポに触れたことで反応した肉棒に、彼女は驚いたようだった。

女神様は男の生態を、ご存じないのだろうか。

「ん、とっ……こう、よね……？」

彼女は細い指で、控えめに肉竿をしごき始める。

俺は胸を揉む手を緩めながら、彼女の指が肉棒をいじるのを見た。

「熱くて、硬くて……」

緩やかな往復は、焦らすような刺激だ。もどかしさに、もっとしてほしいと感じる。

「先っぽが膨らんでたり、血管が浮き出てたり、なんだか不思議な感じね……」

興味深そうに言いながら、チンポを眺め、しごいてくるアクル。

肉竿を覗き込むように前のめりになったアクルの巨乳を支えながら、彼女の拙い手淫を楽しんでいく。

「ん、しょっ……こうして擦ると気持ちいいんでしょ？」

「ああ……すごく」

俺がうなずくと、彼女は手コキを続けていく。

まだまだ不慣れな様子であり、刺激自体はもどかしいものだったが、そんな拙さがまたエロくて、興奮を煽ってくる。このままその手コキに身を任せるのも悪くないが、彼女をもっと焚きつけるため、俺は胸を揉み、乳首いじりを再開させていった。

「あっ♥　んっ……」

感じた声を漏らすアクル。

俺は乳首をくりくりと、指先で刺激しながら言った。

「アクルのほうも、気持ちよさそうだな。ほら」

「あっ、ん、はぁっ……クラートル、んっ」

彼女は声を漏らし、感じていく。

そのおかげか動きが不規則になり、肉棒を握る指に時折きゅっと力が入る。

それがまた気持ちよく、俺は彼女の乳首をいじり、その胸を揉みながら手コキを受けていった。

「あっ、ん、はぁっ……ね、クラートル、ん、そろそろイっちゃいそうなんじゃないの？」

そう言いながら、潤んだ瞳で俺を見つめるアクル。

その姿にまたムラッときながら、行為を続けていく。

「どうだろうな。アクルのほうこそ、ずいぶん感じているみたいだが」

言いながら、きゅっと乳首をつまむ。

「んぁ♥　あぅっ……そ、そんなことないわよ、ん、はぁっ……」

彼女は切なそうに息を吐き、感じているのが伝わってくる。

「そろそろ体勢を変えるか。アクルのここも、気持ちよくされたがってるぞ」

そう言って、俺は胸から手を離すと、彼女の足の間へと指先を滑り込ませた。

「あっ、んんっ……！」

くちゅり、と愛液が音を立てる。

アクルはきゅっと足を閉じて、俺の手を内腿で挟み込む。

だが、そんなことでは男の欲望は止まらない。

そのまま指を動かし、彼女の割れ目をいじっていった。

「あぁっ！　ん、はぁっ……指が、ん、ふぅっ……♥」

割れ目の中へと指を進入させていく。

熱く濡れた膣内を感じながらその襞《ひだ》を刺激すると、きゅっと指を締めつける。

「だめぇっ、ん、あふっ……」

「このまま指でイかせてもいいが……せっかくなら、しっかりと【勝負】したいところだな。そのほうがアクルもいいだろう。もう、こんなに濡れてるし」

俺はそう言うと愛撫を止める。

「んっ……はぁ、あぁ……♥　んんっ、そうね。わたしの、ん、ここで、クラートルのおちんぽ、すぐにイかせてあげる」
すっかりと発情した顔で、アクルがそう言った。
彼女の熱い視線が肉竿を捕らえ、おまんこからじわっと愛液があふれてくる。
「んっ、わたしが上になるわ」
そう言って、アクルは俺をベッドへと押し倒した。
抵抗せずにそれを受け入れ、仰向けで彼女を眺める。
アクルは身を起こすと、跨がってくる。
足を開くとその割れ目も口を開き、愛液を垂らす。
ヒクつくピンク色の内襞が、愛液でぬらぬらとしているのがいやらしい。
オスの本能が、美しい雌穴にぶち込みたいと欲望を滾らせる。
この女神様のおまんこを味わった人間は、俺だけなのではないか。そんな思いも湧く。
「あふっ……すごい……おちんぽ、ガチガチに上を向いてて、んっ……♥」
彼女は肉棒をうっとりと眺めると、腰を下ろしていく。
そして俺の肉竿を握り、自らの膣口へと導いていった。
「あっ♥　ん、はぁ……」
中腰のアクルが、一度腰を止める。
亀頭が彼女のアソコとくっつき、わずかに入り口を押し広げている。
挿入直前の状態で止まるのはおあずけのようで、腰を突き上げたい衝動にかられた。

それをぐっと堪えて彼女を見上げる。自らちんぽを咥える、その淫らさを楽しむために。

アクルは決意を固めたように、ゆっくりと腰を下ろしてきた。

「んくぅっ♥　あっ、ん、中、入ってきて、ん、あふっ……」

ゆっくりとおまんこが肉棒を飲み込んでいく。

熱い膣襞《ちつひだ》が先端をきゅっと捕らえ、亀頭からカリ裏の辺りまでがじわじわと膣内に入っていく。

「あぅっ……ん、ああっ！」

「うぉ……」

そこで彼女が一気に腰を下ろし、肉棒全体がぬぷっと膣内に迎え入れられる。

突然の快感に思わず声を漏らして、膣襞の締めつけを感じた。

「ああっ、ん、あうぅっ……♥」

アクルは俺の上に跨がり、受け入れた肉棒を感じているようだった。

うねる膣襞がきゅっきゅと肉棒を締め付ける。

「あっ……ん、はぁ……♥」

俺の上に跨がる彼女を見上げる。

下から見ると、そのたわわな胸がより強調されているように感じられた。

彼女の呼吸に合わせて揺れる巨乳。

肉棒を受け入れ、快感で仰け反っている彼女の顔は、大きなおっぱいで見えないほどだ。

下乳を眺めながら、初々しい膣内の締め付けを楽しむ。

やがてアクルは落ち着いたようで、腰を前後に動かし始めた。

「んっ、あっ、ふぅっ……」

膣襞が肉竿を擦り、ぐにぐにと快感を送り込んでくる。

「わたしの中を、ん、クラートルのおちんぽが、あっ、ん、はぁっ……」

グラインドしていくアクルに合わせて、たわわな胸が揺れる。

前後への動きは気持ちよさと、さらなる刺激を求めるもどかしさを感じさせる。

気持ちいいのに焦らされているような感覚は、俺の欲望を膨らませていった。

「んぁっ、はぁ、ああっ……クラートルのが、わたしのなかを広げていくみたいに、ん、はぁっ……ああっ♥」

なめらかに腰を動かし、感じていくアクル。

だんだんと腰使いも大胆になり、膣内もこなれたのか、彼女は今度は上下に動き始めた。

「うぁっ……！」

「ん、しょっ、はぁ、ああっ♥　クラートルのおちんぽ、わたしの中を行ったり来たりして、膣内《なか》、いっぱい擦り上げて、んはぁっ！」

上下運動で、より直接的にチンポをしごき上げ、射精をうながす動きだ。

突然刺激が強くなり、俺も声を漏らしてしまう。

「あっ、ん、はぁっ、あふっ、ん、ああっ！」

アクルは上下を基準にしつつ前後にも腰を動かし、おまんこで肉棒を締めつけてくる。

「あ、うっ……アクル、あぁっ……！」

蠕動する膣襞が、しっかりと肉竿を咥え込んで擦り上げる。

その気持ちよさに、射精欲がどんどん膨らんでいった。

動きに合わせておっぱいが、たぷんっ、たぷんっと弾み、それがまたエロい。

今度は姿勢を前傾にした彼女が、そのたわわ越しに発情顔で俺を見た。

「クラートル、ん、はぁ、すっごく気持ちよさそうな顔してるね」

「ああ、気持ちいいよ」

俺は素直にうなずく。

アクルの積極的な騎乗位腰振りは、最高に気持ちがよかった。

膣内の快感もそうだし、弾むおっぱいも素晴らしい。

そして胸を揺らしながら、俺の上で淫らに腰を振るアクル。

状況も相まって、俺は限界が近いのを感じた。

「んっ、はぁ……♥ 人間がセックスで女神に勝てるわけないなんてこと、常識なんだからね。無謀な勝負なんだから、ガマンしないでさっさとイキなさい！ 情けなく……せーえき、いっぱいピューって出しちゃえ！ んっ、あ……出せぇ……おまんこに、出しなさいよぉ」

俺の上で腰を振りながら、勝ち誇ったように言うアクル。

膣襞が肉棒をしごき上げ、快感を送り込んでくる。きゅきゅと膣口締めつけるのも、なんだかいじらしい。大胆なのに、セックスにはまだまだ不慣れ。そんな様子が俺を興奮させた。

「あふっ、ん、ほら、女神のおまんこが気持ち良くて、もうイキそうなんでしょ？」

こちらを屈服させようと笑みを浮かべると、リズミカルにピストンを行った。

「う、あっ……！」

蠕動する膣道が肉竿を刺激し、きゅっと収縮して精液を搾ろうとしてくる。

確かに彼女の言うとおり、もう限界が近い。

これまでに味わった、どの女とも違う快感だ。あまりに美しく、あまりに気持ちいい。

最高の美少女で、素晴らしい美乳。処女のようなキツキツおまんこなのに、俺の肉棒をみっちりと包み込み、余すところなく締めつけてくる。

まるでセックス自体がアクルのスキルであるかのようだ。それほどに素晴らしい。

しかしそれ自体、むしろ俺にとってはご褒美なわけで、勝負だと信じて得意げになるアクルを可愛らしく感じる。

そろそろいいだろう。俺は生で味わう美少女への中出しに向けて、快感を解放させていく。

「あぁっ♥　ん、はぁっ、ほら、イキなさいよ、ん、あっあっ♥」

俺の上で淫らに腰を振り、アクルが艶めかしい声をあげる。

彼女のほうももう限界が近いのか、余裕のなさからかペースが上がっていく。

「はぁっ、あっ、ん、ふぅっ。ほら！　クラートル、ん、はぁ、わたしの中に……女神様のおまんこに、せーえき、んぁっ♥　いっぱい出しなさい、ん、ああっ！　出していいのよ♥」

「う、ああっ！　くっ、もう出る！」

アクルがずんっと腰を落とすと、襞が肉棒をしごき上げてくる。

収縮した膣内がうねる気持ちよさがとどめとなって、俺はついに射精した。

どびゅびゅっ、びゅくっ、びゅるるるるっ！

「んぁ♥　あっ、んうぅぅぅぅっ♥　出てる♥」

「おぉっ、うっ、あぁっ……！」

同時に彼女も絶頂し、膣内がきゅっと収縮した。

「んはぁ♥　あっ、ん、中ぁ、ん、いっぱい出てるっ、熱いのが、びゅくびゅく、あっ♥　ん、はあっ♥」

絶頂おまんこが肉棒を締め上げ、精液を搾りとっていった。

俺は快楽に身をゆだね、彼女の膣内に精液を放っていく。

「あっ……ん、はぁ……♥　あぁ……」

おまんこに求められるまま白濁を出し切ると、彼女も腰を止めて荒い呼吸を繰り返していた。

「ん、はぁ……ふぅっ……あぁ……♥」

まだうねる膣内が、肉竿に残る精液まで余さず吸い尽くそうとしてくるかのようだ。

「はぁ……ん、ふぅっ……いっぱい、でたわね……♥」

「ああ……」

彼女は蕩けた表情で俺を見下ろす。

「人間おちんぽが、ん、女神に勝てるわけないのよ、あふっ……♥」

「今のは引き分けだけどな。アクルもイってただろ」

そう言いながら、彼女を見上げる。

「むぅっ……なに言ってるのよ。ん、わたしのおまんこに、こんなに中出ししておいて。ほら……ん、はぁっ……♥」

彼女は腰を上げて、おまんこからチンポを引き抜いた。

彼女のアソコから、俺が注ぎ込んだ白濁の一部がとろりとこぼれ落ちる。

愛液と混じった精液が、アクルの無毛おまんこから垂れる様子はエロい。

これほど熱く繋がっていたのに、その秘裂は色鮮やかで、まだまだ初々しい。

もっと見ていたかったが、それ以上に興奮が湧いてきてしまう。

彼女は余韻に浸る気持ちよさそうな表情のまま、その割れ目から体液をあふれさせている。

もっと……もっとしてみたい。もうスキルのことは抜きにしても、彼女を抱きたかった。

俺は自分の気持ちに従うことにした。

「それじゃ、あやふやだったから、二回戦だな。次は俺が上で動くぞ」

そう言うと俺は姿勢を入れ替えて、彼女をベッドへと押し倒す。

「きゃっ、ちょっと、今イったところなに、んっ……」

アクルは仰向けになり、潤んだ瞳で俺を見上げた。

その足をつかんで開かせると、混じり合った体液でぬるぬるのおまんこに狙いを定める。

「ま、待って、いま入れられたら、またすぐ、ん、ああっ♥」

俺はつんつんとその入り口をチンポでノックする。

「大丈夫だ。女神が、人間のちんぽに負けることなんかないんだからな！」

まだまだ、夜明けまでは時間がある。

俺は間を置かずに彼女を求めるのだった。

●

大礼拝に参加した俺達は、約束どおりに呼ばれ、聖女ロフェシアと顔を合わせることになった。

部屋の外にはもちろん教会の人間がひかえているが、部屋の中には今、俺とアクルと聖女ロフェシアだけだ。

「お会い出来て光栄です。聖女様」

そう言って、まずは挨拶を行う。

「支援してくださる人々のおかげで、私たちは活動できていますから」

そう言って笑みを浮かべるロフェシアは、まさに清楚な聖女様だった。

その衣装はなかなかに露出度が高く大胆で、ちょっとした布で支えきれているのが不思議なほどの爆乳が、今にもこぼれ落ちそうなのが特に目を惹いた。

聖女としての伝統的な衣装であるらしいが、スタイルがよく、女性的な曲線をもつロフェシアがそれを着ると、邪《よこしま》な目を向けるなと言うほうが無理な状態だった。

それでもエロさ一辺倒にならないのは、彼女自身の雰囲気や落ち着きのおかげだろう。

いや、十分にエロくはあるのだが。

「それで、今日はどうされたのですか？　大事なお話がある、ということでしたが……」

ロフェシアがそう切り出すと、俺が口を開く前にアクルが前のめりになりながら言った。

「それがもう、大変なのよ！　モナルカが持ってる剣に封印されている邪神が復活しちゃいそうなんだからっ！　だから聖女であるあなたの力で、封印を強化しないといけないの」

「封印、ですか？」

ロフェシアは穏やかに言って、首をかしげる。

「アクル……」

いきなり本題を切り出すアクルに、俺は軽く頭を抱えた。

このまっすぐさは美徳なのだろうが、あまりに直球すぎる。

いきなり本題を持ち出したところで、幾ら聖女とはいえ、ロフェシアにはさっぱりわからないだろう。

目の前に女神として降臨したというモナルカですら、彼女の話をまったく信じずにアクルを追い払ったほどなのだから。

おそらくは封印が解けていない今の状況では、見た目で分かるような変化はないのだろう。

だから、モナルカにはそんな意識はなかったし、言われていることの理解できなかった。

いっそのこそ、邪神がわかりやすく暗黒のオーラでも放って復活しつつある……とかだったら、その禍々しさから女帝にも危機感があったかも知れない。

だが、そうではないのだ。

今の時点で邪神復活を意識しているのは、この世界でアクルだけ。

もちろん聖女といえども、それを察知していたりはしないだろう。

というか、そんなことが出来るなら、ロフェシア自身ですでに動いているだろう。

先日の根回しで司祭と会ったときには大人しくしていたのに……。

目的の聖女を前にして、気が逸《はや》ってしまったのだろうな。

「だから、わたしたちと一緒に女帝のところに行って、もう一度封印してほしいの」

「……そう……ですか」

少し考えるようにして、それでもロフェシアはうなずいたようだった。

「今の私には、邪神のことはわかりませんが……」

そう前置きして、続ける。

「もしいった危機が起こりつつあって、モナルカ様からも要請があれば、聖女としてそれに応えたいと思います」

「よかった」

アクルは一安心したように言うが、これはもう、まったくわかっていないな。

ロフェシアは頭ごなしにアクルの言葉を否定はしなかったが、それは彼女なりの優しさだ。

邪神の話を肯定してくれて、聖女として封印を行う、ということではない。

言葉通りに、「この国の帝王であるモナルカから正式な要請があれば、聖女として対応しますよ」ということであって、彼女が今すぐに動くとは言っていない。

アクルの言うことを信じるならば、すでに邪神は徐々に力をつけており、やがて封印を破ろうとしている。その時はかなり近いらしい。

しかし、モナルカにせよロフェシアにせよ、その兆候をまるで感じ取れていない。

それはつまり、邪神の力を感じ取れるようになるころには、もう手遅れだろうということだ。

俺にとっても邪神の件は、あくまでアクルが女神であり、再封印のために降臨してきたという前提を信じているからこそだ。

聖女様や女帝は当然、アクルを女神だとは思っていない。

ごく普通の女の子が、まぜ邪神の復活を察知しているのか。

とくに復活の兆候がない以上、それが真っ先に疑問になってしまう。

よくわからない妄想にとりつかれた少女……というほうが、現実的な反応である。

俺だって、半分は暇つぶしで付き合っているのだし。

だから聖女様の反応は分かる。

本当は、俺がもっとゆっくりと話を誘導したかったが、こうなっては仕方がないな。

邪神が復活してしまえば、今のアクルでは封印できない。

それも信じるとすれば、なんとかするしかないのだ。

どうにかして、聖女であるロフェシアに動いてもらう必要がある。

元から、会って話すだけで解決するとは思っていなかった。

結局はいかにして、【常識改変】で物事を思惑通りに運んでいくかというのが、俺の仕事だ。

当初の想定と、すべきことは変わらない。

ロフェシアは邪神の話を聞いても落ち着いており、聖女らしさを崩してはいない。

俺たちほど大げさな用件ではなくとも、様々な信者達の妄想じみた悩みを、普段から聞いているのかもしれない。

邪神だろうと悪霊だろうと、妄想の中ではいくらでも実在し、人々はそんな悩みを聖女のところへと持ち込むのだろうな。

実際に聖女に会えるだけの金や立場を持つ人間であれば、そういった超常の悩みとなれば、彼女に相談しにくるだろう。

普段から彼女はそれを聞いており、当たり障りのない、できるだけ現実的な回答をする。

あくまでも穏やかに、決して相手を否定せず相談に乗る。

そして、決して劇的な答えではなくとも、うまく解決に向けたアドバイスをするのだ。

俺はそんなふうに、聖女様の仕事っぷりを想像してみた。あながち外れてはいない気がする。

そして、そう考えることで彼女について考察し、この後の意識の誘導を計画してみた。

予想していたことではあるが、ロフェシアは真剣には聞いてくれていない。

だから、この後は俺のスキル【常識改変】を使う。

だが、落ち着いている今の彼女にストレートに能力を使っても、はじかれてしまうだろう。

ロフェシアの心に隙《すき》を作る必要がある。

もし、信者からの突飛な相談を受け慣れているというのなら、ロフェシアを揺さぶるのは正攻法ではむずかしそうだ。

聖女ともなれば、下手な方法で不安がらせることは難しいだろう。

とはいえ、アクルのときのようにマッサージをする……とか、そんなアイデアを使うわけにもいかない。

この場でロフェシアを、気が緩むほどリラックスさせる方法はない。

となれば有効なのは、なんとかして動揺させること。

今の感じだと、ロフェシアはどんな突飛な話も、余裕を持って受け入れるだけの心の落ち着きがある。

それを揺さぶるには、より大きな何かが必要だ。

一番わかりやすいのは、個人的な弱みを使っての揺さぶりだろう。

自身が秘密にしていることを突然明かされれば、誰であっても心に隙が出来る。

けれど、俺がロフェシアについて知っていることは多くない。

聖女様の噂《うわさ》はよく聞くが、それらはごく普通の情報であり、当然、弱みに類《るい》するものではない。

そして彼女の噂はどれもが、清廉潔白であり、人々に優しく穏やかな聖女様、というもの。

黒い噂は一切なく、切り崩していけそうな手札はない。

だから俺が狙うのは、そういった弱みではない。

彼女自身が、聖女であればあるだけ、確率の高い弱点を突くつもりだ。

それからもしばらくは、悩みのようなことを話しては、ロフェシアからのアドバイスを聞く。

それを繰り返すことで、少しでも俺との会話に慣れてもらい、抵抗感をなくしておく。

ロフェシアは今、俺の役に立っている……そう感じ始めているだろう。

それもまた、ひとつの心の緩みだ。

定められた面会時間の内に、全て済まさなければならない。時間はあと半分ぐらいか。

そろそろ頃合いだろう。

「ありがとうございます。また何かあれば聖女様に相談させていただきますが……」

「ええ。お困りのことがあれば、どのようなことでもお話しください。全てに力になれるわけではありませんが、お話をするだけでも、少しは気分が軽くなると思います」

そう言って笑みを浮かべるロフェシア。

そこで彼女は、話が終わったということで別れの挨拶を切り出そうとする。

そのタイミングで、俺は彼女の意表を突く。

彼女は聖女様として、誰よりも貞淑に、誰よりも清楚に生きてきているはず……。

俺はおもむろに立ち上がると、すでに何度かの【常識改変】を受け、すぐにでもかかる状態になっているアクルへとスキルを使った。

「アクル。聖女様の前だ。信者なら今すぐに、【俺のチンポをしゃぶってご奉仕する】のが常識だったよな」

「えっ、なっ……！」

突然の発言に驚いたのだろう。

ロフェシアはずっと崩さなかった微笑みから、驚きへと表情を変える。

よし、狙い通りだ。だが、もちろん勝負はまだここからだ。

アクルはすぐに俺に従い始め、ロフェシアの正面で立ち上がった俺の後ろに回ると、股間へと手を伸ばしてくる。

「あなたたち……こんなところで、何をなさろうと……」

アクルがズボン越しに肉棒をさすり、俺のそこに血が集まり始める。

肉竿がしっかりと反応したのを確かめると、アクルは背後から俺のズボンを下着ごと下ろした。

目の前のロフェシアには、当然丸見えになる。

「きゃっ、な、何をしているんですかっ！　そ、それっ！」

聖女様の眼前に、俺の勃起チンポがさらされる。

貞淑な聖女様はその評判通りだったようで、男性器を見たことすらなかったのか、恥ずかしそうに顔を赤くして、自らの両手で顔を覆った。

しかし清楚な聖女様といえども、年頃の女性だ。

むしろ禁欲生活を送っているからこそ、興味をそそられる部分もあるのだろう。

指の隙間から俺の肉竿をしっかりと見ていた。

無垢な聖女様にチンポを見せつけていると思うと、いけない快感を覚えそうだ。

そんな俺の汚れた欲望に呼応して、肉竿が角度を上げる。

「あっ、う、動いてますっ！」

肉棒にすっかり意識を集中している様子のロフェシア。

その心は今、初めて見る異性への動揺と好奇心で隙だらけになっているはず。

俺はそこに、彼女が持つ考えとかけ離れすぎない程度を狙って、この行為をまずは誤魔化すための弱めの【常識改変】をかける。

「客人の前から、【いきなり立ち去るのは失礼】ですよね。すみませんが、私が【聖女様に信仰を示すため】ですので、しっかりと見ていただけますか。直ぐに済みますので」

「そ、そうですね。ん、しっかり見つめて……」

なんとか無事に、最初の改変がかかったようだ。

清純だった彼女が、秘めていた女としての欲望と好奇心に揺らいでいる。

そこに言い訳をつけてやる。彼女にとって都合のいい常識改変で。

日頃から興味があったのだろうな。うまくかかってくれている。

ロフェシアは抵抗することなく受け入れ、興味の赴くままに、信仰のためだという大義名分を得て俺の肉竿をまじまじと見つめる。

これ自体はまだ小さな、影響の少ない改変に過ぎない。

しかし、一度【常識改変】を受け入れたことで、次のハードルはぐっと下がる。

それが俺の能力の特徴だ。

これでロフェシアは、だいぶ抵抗力を下げたはず――。

「あむっ♪」

「うぉっ……いいぞ、もっと熱心にだ。聖女様が見てくださっている」

勃起竿の先端が、アクルに咥えられる。

温かく濡れた口内が亀頭を包み、アクルが舌でも愛撫を始める。

その気持ちよさに思わず声を漏らし、俺の意識がそちらへと向かう。

「れろっ、ちゅぱっ！」

アクルはそのまま肉竿をしゃぶり、快感を与えてきた。

彼女の貞淑さを利用して心に隙を作るため、チンポをしゃぶるよう命令したのは俺であり、そのもくろみは上手くいった。

「さあ、聖女様。よくご覧下さい。信者の悩みのためなら、【男女の営みをご覧になるのは聖女のお務め】ですから。しっかりとお願いいたします」

「んむっ、ちゅぷっ……ちろっ……♪」

チンポをしゃぶられたまま冷静に振る舞うのは、思ったよりも難しかった。

なんとか言いつつ、ロフェシアの反応を見る。

アクルの口内はすごく気持ちいいし、彼女はスキルのせいで当たり前のこととして奉仕し、俺を本気でイかせようとフェラをしている。

このまま俺のほうが、我慢できなくなりそうだ。先を急ごう。

「わ、わわっ、女性がお口でそんな、と、殿方のモノを……」

それでも狙い通り、ロフェシアは目の前で行われる営みに興味津々だった。

それからも何度か軽くスキルを使い、彼女の意識を導いていく。

こうなればもう、次からは指示がかなり出しやすい。初日の結果としては大成功だ。

今日は最初から、俺は下準備のつもりだった。面談もこのへんで時間切れだし、外に人が居る状況ではここまでだろう。

「じゅるっ、れろんっ、ちゅぽっ……」

「アクル、そこまでだ！」

教会内で、しかも聖女に見られながらのフェラは、俺にとっても非日常的で気持ちよすぎる。

射精してしまっては、あとが大変だ。そろそろ止めねば。

「んむっ、ちゅぷっ、だめだよ、クラートル。ちゃんとロフェシアが見ている前で、わたしにおちんぽしゃぶられて、気持ちよくならないと……ちゅぅっ♥」

しかしアクルは「常識」にのっとって、そのまま肉竿に吸い付いてくる。

「す、すごいことしちゃってます……こんなところで、おち……殿方のモノを出して、そ、それをしゃぶるなんて……！」

常識改変の結果、アクルにとっては聖女の前でフェラを行うのが当然になっている。

そしてロフェシアもまた、俺のスキル効果で目を背けることが出来ない。

それぞれに食い違った認識ではあるが、次の段階への状況は整った。もういいだろう。

「じゅるるっ、ちゅぷっ、じゅぽぽっ♥」

「アクル、うっ……！」

特殊なシチュエーションは、普段以上の快感を生み出して俺を追い詰める。

油断していると、このまま快楽に身を任せてしまいそうだ。

俺は一旦、アクルへの改変を解いた。

「んむっ、じゅぷうっ、ん、んんっ!?」

チンポを楽しそうにしゃぶっていたアクルは、すぐに自分の状況を再認識して、驚きの表情を浮かべた。そして肉竿から口を離す。

「う、あぁ……」

完全勃起した肉棒は、アクルの唾液でてらてらといやらしく光っていた。

「あわわっ、殿方の……おちんぽ……すごくえっちで、不思議なかたちです……あれが、んっ……」

すっかり顔を赤くして、肉棒を見つめるロフェシア。

「わ、わたし、なにを……く、クラートルも変だよ！　なんでこんなところで脱いでるのよっ！」

脱がせたのはアクルなのだが、恥ずかしそうにしながら彼女は俺から目をそらした。

アクルからすれば、自分がとんでもない痴女になっていたわけだしな。

アクルの口からは解放されたものの、しゃぶられたことで俺の欲望はかなり膨らんでいる。

当然、肉棒は完全勃起状態で続きを待ちわびていた。

「どうされましたか？」

室内が混乱したような声を聞いたせいか、部屋の外にいた者から声がかかる。

俺は慌ててズボンをはき直すと、ロフェシアに念押しをした。

「それでは聖女様……またお話を聞いていただく件、よろしくお願いいたします」

「は、はい。わかりました」

彼女は、ズボン越しでも膨らみがわかる俺の股間に目を向けたままでうなずいた。

ドアを開けた教会のシスターと入れ替わるように、俺達は個室を出る。

なんとも締まらない終わり方ではあったものの、ロフェシアに【常識改変】をかけて抵抗力を下げるという目的は果たし、次の約束も取り付けた。

彼女が約束を反故にすることはないだろう。結果は上々だ。

後は次回、改めて深い【常識改変】をかけ、どのくらい効くかを確認し直す。

しっかりとスキルが通るようなら、女帝モナルカに接触してもらうように頼もう。

かかり方が不完全であれば、また何度か繰り返して強化していけばいい。

「クラートルってば、もっとちゃんと歩いてよ」

「ま、待ってくれ……」

勃起が収まらず、歩き方が変だったようだ。

高められた欲望は、帰ったらきっちりとアクルに処理してもらうことにしよう。

日を改め、今回は俺ひとりで聖女ロフェシアと会うことになっていた。

場所は教会内。部屋の違うが、造りはほぼ変わらない。

俺達はそこで一対一で座り、向かい合っていた。

「先日はすみませんでした」

「い、いきなりあんなことをなさるとは……思いませんでしたが。大丈夫です。どんな悩みでも、お聞かせください」

そう言いながらも、ロフェシアは俺と向かい合うとすぐに顔を赤くした。

それもそうだろう。無垢な聖女様の前で、いきなりチンポを出したのだ。

彼女の視線が、俺の顔からつーっと股間方向に下がる。机があるが、何を見ているかはわかる。

その向こうにある、俺の股間を見たいかのような視線だ。

常識改変のせいで羞恥心よりも、義務感や好奇心が大きくなっているな。

少し前のめりになったので、彼女の爆乳が机の上に乗っかり、柔らかそうにかたちを変える。

胸元も無防備になり、深い谷間がこちらを誘うようだった。

こちらも思わず、その爆乳の谷間に視線を奪われてしまう。

「そ、それで、今回はどのような……？」

清楚だと評判の聖女様だが、だからこそというべきか、アクルのフェラが衝撃的だったのだろう。

禁欲的だった彼女の中で、何かを焚きつけてしまったらしい。

すっかり俺の股間に興味津々であり、それが可愛らしくもエロい。

「邪神について、まだご相談はあるのですが……それよりまず先にお聞きします。聖女様は……いろいろと疑問に思っていることがおありですね？」

「え、ええ……。クラートルさんは、邪神のお話をしていたときは妙に落ち着いていらしたのに……そうかと思えば突然あんなことを……」

まあ、急に脱がせたのはアクルだけど。

結果的には上手くいったが、行動としてはめちゃくちゃだ。それをなんとか、【常識改変】で上手く丸め込んでいる。

彼女が他の聖職者に話さないよう、信者からのの相談事は秘密だということも、スキルで念を押した。守秘義務については元々そうだったようなので、難しくはなかったが。

そして、これからもっととんでもない提案をするわけだ。

俺は、適当に信じられる程度の理由もでっち上げつつ、彼女の警戒心を解いていく。

そして今日の本題に入ることにした。

「ですからまずは今後の深いご相談のためにも、聖女様には私を、もっと信用していただきたいと思っております」

「信用、ですか……？　しておりますよ」

「わかっておりますが、それでも、まだご不信はあると思います。邪神について私が隠し事などしていないと、信じていただきたいのです」

俺はそう言ってまた、【常識改変】を発動させる。

「伝統にもありますように、【聖女様ご自身による性的ご奉仕】で男を射精させれば、その相手が信用できることは明白です。ロフェシア様に、私の信仰を確かめていただきたいのです」

俺がそう言うと、彼女はさらに顔を赤くした。

「た、確かに……その方法であれば、クラートルさんが誠実な人物であると……わかりますね」

「はい。そうです」

上手くかかった。これまでの地道な仕込みのおかげで、疑ってはいないようだ。

どうやら前回の件ですでに、抵抗力はかなり下がっていたみたいだな。

そしてなにより、会えない間にも性への興味が湧き上がっていたのだろう。

「そ、そうですね。そういうことは少し……いえ、かなり恥ずかしいのですが……」

彼女は顔を赤くしたまま、ちらちらと俺を見る。

その視線は顔と股間の辺りを往復していた。

「これもクラートルさんのお心を確かめるために、必要なことですものね」

そう言って、彼女はぐっと拳を握った。どうやら決意を固めたようだ。

「それでは、これからクラートルさんのお、おち……殿方の部分に、正直になっていただきます」

「はい。お願いいたします」

ロフェシアは立ち上がると、机を回り込んで俺のほうへとやってきた。

「そ、それで、その……」

しかし、やり方が分からないようだ。俺は椅子を動かし、机ではなく彼女のほうを向く。

「殿方のそこを……ど、どのようにすると、正直になっていただけるのでしょうか。い、いえ、もちろん一番の方法は、知ってはいるのですが……そこは子作りのための大事なところで、中で子種を出されてしまうと、その……」

そう言って、きゅっと足を閉じて自らのアソコを守るようにするロフェシア。

その初心な反応が可愛らしく、これからそんな貞淑な聖女様にご奉仕させるのだと思うと、俺の欲望が膨れ上がる。すぐに血が流れ込み、ズボンの中で窮屈に膨らんだ。

「あ、あっ……クラートルさんの、そこ、もう反応して……」

彼女は驚いたように、まじまじと股間を見つめてくる。

前屈みに股間を覗きこむロフェシアの胸元は無防備で、爆乳おっぱいがたゆんと揺れた。

「口でも胸でも、おまんこでも良いのです。ロフェシア様の好きになさってください。ですがひとつ、ご提案いたします」

「はい、なんでしょうか？」

「こういった行為のときは、身分を超えてお話しするほうが正直になれます。私はこれから、あなたをロフェシアとお呼びし、言葉遣いも対等にさせていただきます」

そう言いつつ、強制はしないつもりだ。あくまでロフェシア側からの審問である、という意識を強めに残しておいたほうが安全だからな。

「そうですね。わかりました、そのようにしてください。それでは……」

そう言って、彼女は腕を組み、その爆乳を強調するように持ち上げた。

俺の視線は思わず、柔らかそうにかたちを変える最高のおっぱいへと向かう。

「では審問として、わ、私のお胸でご奉仕させていただきますね。クラートルさんも、んっ、私のお胸、気になっているみたいですし」

「ああ、俺好みだよ、ロフェシア」

「よかったです。では、正直になってください。クラートルさんは、真実を話しているのですね？」

もちろんだと俺はうなずき、彼女に身を任せる。言葉遣いにも、問題はないようだな。

「そ、それではまず……んっ……」

彼女は膝立ちになると、俺の股間のあたりに近づく。

すっかり膨らんだそこを目にして、彼女が小さく息をのんだ。

「ズボンを脱がせますね……？」

「ああ、いいぞ」

俺は抵抗せずに受け入れる。顔を赤くしておずおずとズボンに手をかけてくる彼女を相手に、なにもせずじっとしているというのはむずむずとする。

下着越しの膨らみをじっと見ていたが、やがて彼女の手が動き、全てが引きずり下ろされる。

「きゃっ！」

解放された勃起竿が跳ねるように飛び出し、ロフェシアが驚きの声をあげる。

「こ、これが殿方の……んっ……」

彼女はまじまじと、間近で肉棒を眺める。息のかかる距離だからよく見えるだろう。

生暖かいロフェシアの吐息が、俺のチンポをくすぐる。

「すごいですね……先っぽが膨らんだ不思議なかたちで……」

ロフェシアはじっくりと肉竿を眺めている。

「血管も浮き出ていて、んっ、自分にはない部分なので……これ、どんな感覚なんでしょう……」

興味津々な彼女がいつまでも肉棒を見つめているだけなので、俺は力を込めて勃起竿を動かした。

「ひゃうっ！　い、今、おち……こ、これがぴくんって跳ねました！」

「ああ。ロフェシアがいつまでも見ているだけだったからな。チンポに興味津々でドスケベなのはいいけど、見ているだけじゃ、俺を信じられないだろう？　射精までが審問だ」

「ド、ドスケ――！　そ、そんなんじゃありませんっ！」

顔を赤くしながら否定する。しかし肉棒をまじまじと見つめる姿は、それ以外の何ものでもない。

「そ、そんなこと言っていられるのも今のうちですっ……クラートルさんのここに、しっかりと審問しますからっ！」

そう言って、ロフェシアは自らの胸をアピールするように持ち上げた。

「おお……やはりすごいな」

寄せられ、ぐっとかたちを変える豊かな双丘に、俺の視線が惹きつけられる。

「ふふん、クラートルさんこそ、そんなにいっぱい胸を見て、ドスケ――え、えっちですね！」

彼女は恥ずかしさをごまかすようにそう言うと、その爆乳を寄せてくる。

「こ、これを挟むんですよね、私の胸に、ん、えいっ」

その爆乳で肉棒を挟み込んだ。極上の柔らかさが、むにゅうっとチンポを包み込む。

「わっ、熱い……それに、んっ、硬くて、ん、ふぅっ……」

左右から胸を寄せて、乳圧を高めてくる。肉竿が圧迫され、かなり気持ちがいい。

「ん、しょっ……このままお胸で、ん、はぁっ……」

両側から支える手を動かして、不慣れながらもその爆乳で肉棒を刺激してくる。

「こうして包み込まれているの、気持ちいいんですか？」

「ああ……もちろん」

俺は素直にそう応える。たわわな双丘が、肉棒を挟み込んでいる姿もたまらない。

「なんだか、もう正直になり始めてるみたいですね。そんなおちんぽをこうして、ん、むぎゅー♪」

彼女はぐっと胸を寄せて、挟み込んだチンポを押してくる。

柔らかな爆乳がむにゅにゅっと肉棒を刺激して、更なる気持ちよさを送り込んできた。

ぐっと寄せられた胸が、こぼれ落ちそうなほどになっている光景もエロ過ぎて最高だ。

そうして、俺はロフェシアのパイズリがもたらす快感に浸っていった。

「ふぅっ、ん、はぁっ……」

彼女はさらに積極的に、肉棒を愛撫していく。

「正直になってもらいますよ。ん、しょっ……」

ロフェシアがますます爆乳を動かし、肉棒を追い詰めてくる。

柔らかな双丘に包み込まれる気持ちよさと、清楚な聖女様がそのデカパイでご奉仕をしているというギャップ。俺の話の真実を確かめるために、射精させるのは当然……そんな常識に従って、彼女はパイズリを続けていく。

真面目な顔に、ご奉仕の光景のスケベさが重なり、倒錯的なエロさがあった。

「あふっ、ん、どうですか？　おちんぽを胸に包まれて、んっ、気持ちよくされていると、正直に話したくなりますよね、男の人は。ほら……もっとしますよ」

「あぁ……。いや、まだだ、出してないからな、うっ……」

抵抗するようなことを言いつつも、俺の内心は爆乳パイズリに夢中だった。

ロフェシアはチンポに対する好奇心が強いようだ。それでも、真剣に俺を見定めようとしている。

たぷんっ、むにゅんっ。

彼女が胸を動かすと、その双丘がいやらしくかたちを変える。

柔らかな爆乳が肉棒を刺激し、チンポから精液を搾りとろうと健気に動く。

自分がしていることが、ただの性欲処理であることを知らないのだ。

成熟した身体と、聖女としての使命感。それでいて無垢な心のアンバランスさ。

今の主導権は彼女にあり、俺は身を任せているだけだというのも背徳的で気持ちがいい。

「はぁ、ん、ふうぅっ……なんか、ん、クラートルさんのから、どんどんお汁が出てきて……お胸がぬるぬるに、ん、はぁっ」

大真面目な聖女様のパイズリご奉仕に、俺はもう限界だった。

「ロフェシア、そろそろ出そうだ、うっ……」

「んぁ、いいですよ。そのまま、んっ、精液を出して、素直になっちゃってください。クラートルさん！　あなたは嘘をついていますか？　えいっ……ん、はぁ……」

彼女が爆乳を揺らし、肉棒をしごき上げる。

柔らかく包み込むおっぱいの刺激。他ではお目にかかれない、デカパイでのご奉仕風景。

「信じてくれ、ロフェシア！　出るぞっ！」

俺はロフェシアの審問パイズリで射精した。

「きゃっ、あっ、ん、熱いの、すごく出てます、あぁっ……」

むぎゅっとおっぱいに包まれながら、精液を放っていく。

勢いよく飛び出した白濁が谷間から吹き上がり、聖女の顔と胸を汚していった。

「あうっ、ドロドロのがいっぱい、んっ……」

精液を浴びた彼女は、どこかうっとりとした様子で身体についた白濁を眺める。

「ん、クラートルさんは、本当に邪神復活を信じて、私のところに来たのですね？」

「ああ。ロフェシアの力があれば封印を強化できるから、協力してほしいんだ」

俺が言うと、彼女はうなずいた。

「真実みたいですね。こんなにいっぱい精液を出して、気持ちよさそうにしてますから」

パイズリご奉仕を存分に堪能して、その余韻に浸る。やっと信じさせることができた。

これでロフェシアは、邪神の対処に取り組んでくれるようになるだろう。

第三章　邪神の影

スキル【常識改変】を使い、聖女ロフェシアの協力は取り付けた。

女帝モナルカが持つ、邪神が封印された剣。それにロフェシアが封印の重ね掛けを行えば、危機は去るというわけだ。

聖女と女帝。計画の進捗は、五十パーセントというところか。

半分までは順調に来たと言える。しかし、問題はこれからだ。

庶民でも会う機会が存在したロフェシアとは違い、女帝であるモナルカと俺が顔を合わせるチャンスは、普通であれば無い。

ロフェシアの場合は、あえて行いはしなかったが、もっと強引な方法もあり得ただろう。

スキル的には、俺が話しかけることさえできればいいのだから。

しかし女帝となると、彼女自身が庶民の前に姿を現す機会がほぼないので、かなり厳しい。

俺が城に顔を出して、呑気に会いに行こうとすれば、すぐに捕まってしまう。

女帝本人もそうだし、周りにだって【常識改変】に抵抗力を持つ強者がいてもおかしくないしな。

危険しかない場所に飛び込んでいくのは、なるべく避けたい。最後の手段だ。

なんとか周囲を固め、女帝とも一対一に近い状況で話が出来てこそ、相手の安心や動揺に付けこんでスキルを通せる可能性が出てくる。

城への潜入で一番可能性があるのはやはり、聖女であるロフェシアが女帝モナルカに呼ばれるようなタイミングだ。

ロフェシアの従者として、一緒に行けばモナルカに接近できる。

しかし、それがいつかはわからない。

こちらから出来ることはない。もっと明確な、邪神とか出ない理由があれば、聖女から働きかけることも可能だろう。

しかしアクルが先日、城で騒ぎを起こしてしまった。

いま下手な理由を付けたら、女帝側からロフェシアへの警戒度まで上げてしまう可能性がある。

ロフェシアの話では、絶対ではないが定期的な接触はあるらしい。特に今の時期は大礼拝のあとなので、通常であれば城からの接触もあるはずだという。

他にも出来ることがないか考えつつも、ひとまずはモナルカの動き待ちになるのだった。

●

俺は食事をとるため、アクルとともにレストランへと向かった。

富裕層エリアと、活気のある商業エリアの中間ほどにある店だ。

この辺りの店が、個人的には一番バランスがよくて使いやすい。

富裕層側に近づくにつれてフォーマルさが増し、俺が普段使いするには肩が凝る。

商業区よりも向こうへ出てしまうと、今度は雑然としすぎて落ち着かない。

あまりそっちへ行くと過去を思い出す……ということもあるしな。

だからこの辺りの店が適度に静かで、堅苦しくなくていい。

値段そのものはそう高くないし、格式張っていないのが気楽だ。

俺達はボックス席に座ると、メニューを眺める。

「今日はどうしようかなー」

アクルが食べたことのない料理はまだ多く、その新鮮さに目移りしているようだった。

俺自身もまた、なるべく食べたことのないものに手を出すほうだ。

とはいえ、こういった店にそうそう変わった料理があるわけではない。

それでも、この店のこれはまだ食べたことがなかったな、というような中から美味そうな料理を選んでいく。

程なくして料理が届き、アクルは肉のトマト煮込みを前にテンションを上げていた。

この帝都には、様々な食材が入ってくる。

人口が多く商業も盛んだから、他の地方の料理も伝わってくる。

このトマト煮込みも、西のほうから伝わってきた料理だ。

現地とは使っている肉の種類が違うと聞いたことはあるが、俺も本物はよく知らないので、それが事実かはわからない。

笑顔で食事を始めるアクルを眺めながら、俺も自分の料理に手をつけていく。

街で見るもの全てに新鮮さを感じ、楽しんでいる様子のアクルを見ていると、こちらも楽しい気分になってくる。

そんな彼女との食事は、ひとりでするときよりも、ずっとおいしく感じられるのだった。

話す時間はいくらでもあるし、このあたりの店は比較的静かだ。

だから食事中はあまり話さずに、目の前の料理に集中していく。

アクルは時折料理への感動を示すことはあるが、そのくらいの話し声なら、店でも目立つことはなかった。

店はそこそこ賑わっており、少し時間をずらしての食事だったものの、何組かの客が新たに入ってきていた。

席の埋まり具合は七割ほどで、ピークタイムでないのにこれだけ入っているのは繁盛しているほうだろう。

客層も比較的幅広いが、全体的には落ち着いた人が多い印象だ。

俺のように、騒がしい有名店を避けてこちらを訪れる客も多いのだろう。

ひとりだけ、季節外れのロングコートを着た男がいたのが気になるが、まあ寒がりならそういうものなのだろうか。

帽子を深く被っており、外気が当たらないように用心しているようだった。

食事を終えた俺達は、紅茶を頼んで一息ついていた。

自分で雑に入れる紅茶に比べ、やはり店で働くスキル持ちが淹れてくれた紅茶は、素人の俺でもわかるくらいに美味しかった。

のんびりと紅茶を楽しんでいると、ひとりの男が店を出て行く。

なんとなく違和感があったので、大きめの鞄を持っていたその男を、俺はぼんやりと眺めた。

俺達もそろそろ出ようかと思ったところで、突然店内に大きな声が響いた。

「全員、動くな！」

そう言って男が立ち上がり、周囲を見ている。

「おれの鞄を盗んだ奴は誰だ、出てこい！」

男は声を荒げ、店内を見渡す。

俺も店内を見回したが、大きな反応はない。

急に声をあげられたことへの恐怖と、厄介事に巻き込まれる面倒くささが漂っている。

俺はもちろん後者だ。

「なんかうるさそうだし、もう帰ろっか？」

アクルも興味なく、あっさりとそう言った。

騒ぐ男がどんなスキル持ちかはわからない。だが鞄をとられても、自分では解決出来ない程度の存在だろう。スキルが強力な人間特有の余裕がまったくない。

アクルから見ても、たいした相手ではないのだろう。

俺にとってもそうだ。

すぐに一蹴できるからこそ、怒りも恐れもしないが、相手にもしたくない。

それでも、アクルを揉め事に巻き込むのは避けたい。

「まあ、もうちょっと待ってみよう。あまり目立たないほうがいいだろ、アクルは」

男の鞄とは無関係だし、もしこちらに絡んでくるならやり返してしまえば終わり。

だが、それではこの騒ぎに巻き込まれてしまう。

「こうなったら、衛兵が来るのを待ったほうが楽だ。任せてしまおう」

「うえぇ……衛兵のほうが……嫌いなんだよね」

アクルは顔をしかめた。

まあ、最初に会ったときにも追われていたしな。

彼らは言われたとおりの仕事をしているだけだろうが、アクルからすれば追い回してきた組織なわけで、会いたくないのはわかる。

「でもここで強引に突破すれば、それこそ衛兵と顔をつき合わせて、長々と話を聞かれることになる可能性が高いぞ」

鞄を盗まれたことはかわいそうに思うが、客を軟禁するようなことはよくない。

男に従う義理はないのだが、騒ぎが収まるのを待つことにする。

男がどれほど主張しようと、衛兵が来ればそれで終わりだ。俺達はとくに妖しいところなど無いのだし、鞄だって持ってない。話を聞かれることもなく解放されるだろう。

そのほうが結果的には早いし、手間もない。

「そこまで急いでる訳じゃないし、大人しくしていたほうがよさそうね」

衛兵からはできる限り俺がかばうということで、アクルも納得してくれた。

常識改変があるから、いざとなればスキルで乗り切れる。

そうとはいえ、アクルを目立たせたくなかった。

揉め事になったうえで衛兵に尋問されれば、俺はともかく、彼女のことを説明しなければいけなくなる。

つまり身元というか、どこの誰なのか……ということをだ。

女帝とのことがあってから、アクルは自身が女神であることを他人に話したりはしないけれど、それは説明するのが面倒だというだけであって、警戒しているわけではないと思う。

性格的にも警戒心が薄いので、尋問が進む内にぽろっと真実を漏らしてしまうことは、わりとありそうだ。

突拍子も無い話だから、その場は強引にでも乗り切れるだろうが、誰が聞いているかわからない。

俺達は席に座ったまま、騒ぐ男と店員のやり取りを眺めた。

これだけ騒いでいるのだし、衛兵への連絡は店員の誰かがしただろう。

あと少し大人しくしていればいいだけだ。

「それにしても……」

他の客も似たような感じで、ほぼ全員が動かずにいる。

たしかに、ここで今さら店を出ようとしたら、犯人っぽく思われそうだしな。

だから煩いのは騒ぐ男だけで、ほとんどの客は成り行きを見守っている。

そこでふと、さっき見かけたロングコートの男がいなくなっているな……と思った。

俺達はのんびりしていたし、気付かなくてもおかしくはないが、なんだかひっかかる。

入口は、ずっと見てはいた。もしかすると、まだ店内に居るかもしれない。

季節外れのコートと目深に被った帽子が目立っていたが、もしそれを脱いでいれば、特徴が消えたことになる。

重要なこととは思わないが、暇だからだろうか。そんなどうでもいいことを考えてしまう。

目の前では、アクルがメニューを見ていた。そして俺が止める前に、ウエィトレスに合図する。

「どうせ時間が掛かるなら、もっと何か注文しようかな」

面倒を避ける、という理由で待つと決めたのにこれである。

アクルらしいマイペースさだ。

「おい、動くなと言ってるだろ！」

当然、さっそく気付かれてしまった……と思ったが、どうやら違うようだ。こちらに向かっての脅しではない。

見ると、客のひとりが立ち上がり、店外に出ようとしていた。

細身の男性だが、その気配はかなり危うい。

騒いでいる男よりもよほどヤバイ空気を纏っている。俺にはそう感じられた。

おそらく、戦闘系のスキル持ちだろうな。

あるいは、スキル自体はそうでないにせよ、日常的に荒事の中に身を置いている人間だ。

「悪いが、ここで使える時間はもうなくてな」

細身の男は短く答えると、ひらひらと手を振った。

「それに見たまえ。君の鞄がどんなサイズかは知らないが、私の服に隠せるサイズではないだろう？」

細身の男は手ぶらだ。ポケットは財布などで膨らんでいるようだが、どう見ても鞄がそこに入るようには思えない。

スキルで隠している……とかでなければだが。

「いや、しかし……」

騒いでいた男もそう思っているのか、迷いを見せる。

しかしそのことよりも、細身の男が持つただならぬ雰囲気を恐れたのだろう。

騒いでいた男が考え込む内に、細身の男は店員に支払いを済ませてしまう。

精算が終わった細身の男は、そのまま出口へと向かった。

ひとりでも逃がせば、それに続こうとする客も出て来るだろう。

当然悩んだようだが、危険な男に逆らって返り討ちに遭えばそれどころではない。

結局は、男を止めることなく見送ったようだった。

「あれ、帰れるんだね。じゃあやっぱり、わたし達も」

「いや、そんなリスクを負わなくても、もう衛兵が来るさ」

帰りたそうにしたアクルに釘をさす。

結果的には、騒いでいた男も少しは冷静になったようだ。

それならもう、黙っていれば穏当に店を出られるだろう。

もし鞄が盗まれているのが事実なら、今出ていった細身の男が一番に容疑者として浮上するだろうしな。

「そ、それなら俺も……」

「あ？　動くなと言っただろ」

細身に乗じて腰を上げた男性に、今度は明確な敵意を持って、男がにらみをきかせる。

睨まれたほうは今度は、すごすごと座り直した。

「まだまだ、厄介そうだな」

俺は暇つぶしに、紙でカエルを折り始める。

騒いでいる男に強者としてのオーラはないが、ああして人を威圧することには慣れているようだった。そういう意味では、やはりチンピラなのだろうな。

「わ、それどうやるの？」

アクルは、俺の折ったカエルに目を輝かせる。

危機感ゼロの彼女だが、まあ実際にも、いざとなればどうとでもなる。

それに多分、俺達以外にもそういう客はいるだろう。

男が客に危害を加えるような暴れ方をすれば、取り押さえるのはそう難しくないだろう。

それでも一応、男のスキルがわからないうちは無理しない。

俺はアクルに応え、男からは意識を離した。

「ああ、これはな……」

俺はアクルに、カエルの折り方を教える。

そうしている内にやっと衛兵が到着し、男は盗難の被害者として話し始めたようだ。

一応、客達の荷物や周辺の調査が行われたが、やはり鞄は出てこなかったということで、しばらくして俺達は店から解放された。

これなら衛兵側に、俺達のことは情報として残らないだろう。

心配していた身元の確認なども、わざわざ行わなかったようで助かった。

だいぶ待たされたが、俺達自身の検査は一分もかからなかった。

「結局、何だったんだろうね」

食事だけのつもりが、だいぶ遅くなってしまった帰り道。

石畳の道を歩きながら、アクルが言った。

「鞄がなくなったのなら、店の中にいる人より、先に帰った人が犯人に決まってるのにね？」

「そうだよな」

解放された俺達にはもう、その後の捜査についてはわからない。

穏当に考えるならば、鞄の取り違えによる紛失もあり得るだろうが、間違えられたような鞄は残っていなかったようだしな。

やはり可能性が高いのは、置き引きだろう。

どちらにしても、犯人はすぐに店を出たはずだ。

「それでも、あんなに店内で騒いでたってことは……何かあるのかもな」

犯人がまだ店にいるという、何らかの心当たりがあったか？

あるいは、もっと別の目的があったのかもしれない。

あの季節外れのロングコートの男……は、目立ちすぎだよな。最初から置き引きをするつもりなら、見るからに怪しい格好をする意味がない。

そう考えながらも、可能性はゼロじゃないと思った。

最初は誰もが、あの大袈裟なコートに目がいく。

つまり、注目を集めるのが目的であるなら、上手くいっている。

そしていざコートを脱いでしまえば、その特徴を消せるのだ。

俺はずっと、あの男のことが引っかかっていた。そしてもうひとり、騒ぎの直前で店を出た男も。

もしかすると、あれは……。

だが、事件そのものは俺とは関係がないことだ。

これ以上は、あまり気にしても意味はない。

「ま、それよりも」

鞄の件は、部外者である俺がわざわざ首を突っ込んでまで調べる必要はないな。

巻き込まれずに済んだのだから、それだけで十分だ。

「アクルも、ずいぶんこの街に馴染んだようだな。ああいう場面で、派手に動かないのはいいことだぞ。この辺りでは少ないが、帝都にも治安が悪い地域はある」

アクルがそういった事態に適切に対応してくれることのほうが、俺にとっては重要だった。

「えへへ、そうかな」

褒められた彼女は、笑みを浮かべる。

「ああ、助かるよ」

アクルの笑顔は屈託がなく、見ているこちらも思わず頬が緩みそうだ。

実際、彼女は着実に成長している。

ポンコツな面もあるものの、それは元々の性格由来だ。

彼女はこれでも女神であり、この世界で生まれ育って暮らしてきた人間とは常識が違う。

それは仕方の無いことだ。

でも、ここで暮らすことで、常識を覚えて成長する部分は大いにあるのだ。

上機嫌になった彼女とともに、家へと戻っていく。

屋敷に向かうにつれて、街の喧噪からは離れていく。

時折馬車が俺達の横を通り抜けていく以外には、とても静かなエリアだ。

緩やかな道を歩きながら、数歩先を歩くアクルの背中を眺める。

アクルと出会って、俺の人生から退屈が消えていった。

邪神のことはまだ確信している訳ではないが、アクルとこうして一緒に行動するのは、とても楽しいことだ。

俺ひとりであれば、先程の騒ぎだって、まったく違った体験になっただろう。自分とは一切関わりのないこととして、無視するか、もっと無難にやり過ごしたはずだ。

アクルがいたからこそ慎重にもなったし、相手を必要以上に観察した。

常識改変スキルが覚醒して以来なかった緊張と興奮。ドキドキする日常こそ、俺が求めていたものだ。

アクルが歩くのに合わせて揺れるサイドポニーを眺めながら、明日には街中でも噂になっているだろう、先程の盗難騒ぎを想像する。

あんな小さな事件でも、この世界にはもっと複雑な意味があるのかもしれない。

俺はもっと、この世界を楽しむべきなのだ。

たとえば、俺達がレストランに足止めされていたあの時間。

街のどこかでは、別の事件が起きていたのかもしれない。

それがどんなものかは、わからない。

何にせよ事件が起き、そして衛兵達はそれを嗅ぎつける。

その現場では、あの騒いでいた男のバッグとか、あるいは彼のものだと証明されるような凶器が見つかるかもしれない。

もしくは事件の被害者が、彼に恨まれていると周知されている人物だとか……だ。

しかし男には、店であれだけ騒いだことで、はっきりとしたアリバイがある。

多くの人間が彼を目撃しており、衛兵まで駆けつけているのだ。

アクルが言うように、鞄は騒ぎの前に外へ出た客が持ち去ったと考えるほうが自然だ。

だが、騒いだ男の真の目的は、明確なアリバイを作ること。

そしてもしかしたらだが、鞄が盗まれたことを印象付けることかもしれない。

俺を含む多くの客達が、彼のことをはっきりと覚えているだろう。

裏ではもっと大きな企みが動いていた……そんな妄想も、実に楽しい。

スキルで他人の意識を操れることで、俺は以前よりも、人間に興味を無くしていたのかもしれないな。

もっともっと観察し、相手の意図を想像するほうがいいだろう。

【常識改変】は、相手の意識を読むことで効果を増す。

そういった日頃の想像力への鍛錬が、俺のスキルをさらに強くしてくれるはずだ。

そんなことを考えたところで、この話は終わりにしよう。

俺の妄想はともかく、そんな隠された事実なんかないだろう。

コートの男はかなり怪しかったが、あの騒ぎの男は、そこまで知恵が回るようには見えなかったしな。

俺がこの経験で学んだことは、アクルを危険にさらさない為にも、もっと気を付けるべきということだな。

そういうことなら、たまには俺も背伸びして、もっと格式高い店に行くというのもいいかもしれない。治安はいいし、顧客の秘密も守られるしな。

きっとそこには、より珍しい食材などもあるだろう。

アクルは多分、それを喜んでくれるはずだ。

楽しげに前を歩く美少女を眺めながら、俺はそう考えるのだった。

●

スキル【常識改変】とエロ行為によって、俺を信じてくれた聖女ロフェシアだが、彼女はこの国でも最も重要な存在の一人だ。

アクルのように俺と一緒に暮らすわけにはいかなから、基本的には教会にいる。

そして教会の奥にある彼女の生活スペース、つまり聖女様の自室ともなれば、俺のような一般人がそうそう簡単に近づける場所ではない。

見張りのひとりやふたりならどうにかできるが、彼女の部屋にたどりつくまでに、どれだけのシスター達とすれ違うかわかったものではない。

一定の人間には【常識改変】をすでに使っておいたが、さすがに教会の全員にスキルをかけるわけにもいかないから、侵入するとなると完璧じゃない。

そのたびにスキルを使うというのも、なかなかに大変だ。

そんなわけでロフェシアについても、こちらから気軽に会いに行くというのは、依然として難しい状態にある。

立場があるというのも、大変なことだな。

まあ、本来ならもっとも身分が高いであろう女神様は、この家に居候《いそうろう》しているのだが。

それでも、なんとか手は打った。

こちら側からの接触が難しいため、ロフェシアのほうに時間があるときに、俺の元を訪れてもらうように仕掛けておいたのだ。

もちろん、それだってかなり難しかった。

教会のお偉いさんや、聖女様の世話係となっている人間だけはどうしても、【常識改変】しておく必要があったからな。

その努力を思えば、結局は侵入する場合とそれほど変わらなかったかも知れないが、まあいい。

とにかく、聖女様がひとりでも出歩けるようにするのは大変だった。

一応はこのあたりは教会にも近く、富裕層や貴族達が住む地域なので、なんとかなっている。

「よく来たな。問題なかったか？」

俺は彼女を部屋に迎え入れながら言う。

俺はあの時以来、彼女から信頼出来る信徒として認識されている。

そのこともあって言葉遣いも、パイズリのときのそのままに、親しい感じにさせてもらった。

聖女の外出など、本来ならばあり得ない。

それでも【常識改変】の力で、熱心な信者であり、重要な寄付を行う俺に対する、特別な訪問での相談を認めさせることができた。

アクルの協力もあって、俺自身がこのスキルをより有効に使えるようになったおかげだろう。

「はい、大丈夫です。秘密のお散歩のようで楽しいですし」

そして、どう考えても普通であればおかしなこのお忍びでの訪問を、ロフェシアも楽しんでくれているようだった。

問題は見た目でも直ぐにバレてしまうことなので、その辺りは、変装をお願いしているが。

「このあたりは、帝都でもいちばん安全ですから」

それでも、外出自体が不慣れであるロフェシアにとっては、けっこうな冒険だろうがな。

「でも、うっかり広場のほうに行くと、大変そうじゃないか？　人が多いし」

そう言うと、彼女は微笑みを浮かべた。

「もちろん広場には、近づかないようにしています。見つかれば、ご迷惑をかけてしまうので」

広場で見つかれば、みんな集まってきてしまうだろうな。

迎えに行くことも考えたが、かえって目立ってしまいかねない。

普通のシスターに変装してもらえば、教会が近いこの辺りでは特に珍しくはないのだ。

「俺のほうから顔を出せればいいんだが、なかなかな」

「聖職者としての日課を避けた時間に、タイミング良く面会を申し込んでいただくのは難しいですからね」

そうして俺は、彼女と話をする。

といっても、ロフェシアから教会の内部情報を聞いたりはしない。

さすがにそれは、信者からの相談の範疇から外れてしまう。

俺が定期的にロフェシアから聞いているのは、城からの連絡があるかないかだ。

ロフェシアと関係する目的はあくまで、女帝に会うことなのだからな。

それっぽい相談ごともしながら、邪神についても意見を交わす。

ロフェシア自身も、邪神についての知識はあまり持ち合わせていなかった。

それでも、すでに俺を信じてくれているので、真面目な相談として聞いてくれている。

女帝が持つ剣に対して、封印を施すこと。

それが必要なことだということは、信じ始めてくれていた。

それでも、教会側からは女帝への謁見は言い出せないらしい。

必ずあるはずのチャンスを待つ。

その時には、俺にも知らせてくれると約束してくれた。

しばらく話をした後で、俺はロフェシアとベッドへと向かう。

俺を信じるための審問だったパイズリ行為。

その延長として、俺はより親密な関係になるための【常識】を、ロフェシアに信じ込ませている。

熱心な信者である俺と、聖女であるロフェシアは、【お互いの性欲を解消し合う】のが当たり前。

俺たちは恋人のように愛し合うのが、【神の教えに沿った行い】なのだ。

それが常識となったロフェシアと、男女としての密会を楽しむのだった。

「ん、クラートルさん」

彼女は顔を赤くしながら、こちらへとしなだれかかってくる。

「この前から私、ずっと、んっ……」

彼女はもじもじと身体を動かした。

元々、聖女として貞淑な暮らしをしてきたロフェシア。

しかし年頃の女性として、そういう部分に興味がなかったわけではない。

それが俺との行為で刺激され、ロフェシアは秘められた性欲をすっかり爆発させていた。

スキルを使ったとはいえ、わざわざ俺を自主的に訪ねてくれるのも、そういった目的があってのことだ。異性を知ってしまったせいで、禁欲的な暮らしが続くと欲求不満になるらしい。

しかし今の彼女は、まだその欲求をストレートに出すことは出来ない。

これまで積み重ねてきた、聖女としての立場があるからだ。

そんな彼女の背中を押すように、俺は【清廉な聖職者であるほど、性欲解消は必要だ】として、彼女を焚きつけていった。

そして今日までは、以前と同じようにパイズリやフェラで誤魔化し、指での愛撫で満足してもらってきた。彼女の性欲は十分に高まっている。いよいよ、その純潔を貰う時がきたな。

「ロフェシア」

俺は彼女を抱き寄せると、顔を近づけた。

「んっ……」

目をとじた彼女に優しく口づけをする。唇を離すと、彼女は潤んだ瞳で俺を見つめる。

もう一度キスをしながら、ロフェシアをベッドへと寝かせた。

そしてそのまま、聖女様の体に覆い被さる。

「クラートルさん、んっ……」

俺は仰向けになっても存在を強く主張する、ロフェシアの爆乳へと手を伸ばしていった。

「あっ、んっ……」

柔らかな双丘が、俺の手をしっかりと受け止めた。

むにゅんっと、極上の感触を伝えてくるおっぱい。

手に収まりきるはずもない豊かな膨らみを、優しく揉んでいく。

「んんっ……」

むにゅっ、ふよんっ……。

爆乳が俺の手に合わせてかたちを変えていく。あの時はこの胸にチンポを挟んでもらったが、こうして自分で揉んでみても、やはりとてもいいものだった。

「クラートルさんの手、ん、はぁっ……」

俺は彼女の服へと手をかけ、まずは上半身を脱がせていく。

シスターへの変装は外出用の上着だけなので、脱がせていくといつもどおりのロフェシアになった。元から、かなりきわどい格好だということもあって、衣服はすぐにぺろんとめくれて、その役割を放棄した。

「おお……」

たぷんっと揺れながら現れる生おっぱいに、思わず見入ってしまう。

「あぅ、そんなに、見ないでくださいっ……」

ロフェシアは恥ずかしがり、胸を手で隠そうとする。俺はその細い腕を掴んで止めた。

「うぅっ……」

隠すことができず、さらされたままの爆乳おっぱいを眺める。

呼吸に合わせて上下して、ぷるんっとふるえる爆乳。

その魅力的な双丘を前に、俺は息をのんだ。

そのまま顔を近づけて、ぺろりと乳首を舐める。

「ひゃうっ！」

ロフェシアは可愛らしい声をあげて、ぴくんと身体を反応させる。

俺は舌先でそのまま乳首を責めていった。

「んんっ、そこ、あぁっ、舌でちろちろ、んっ……」

少し舌先でいじると、彼女の乳首はもっとしてほしそうに立ってきた。

俺はその期待に応えるように、彼女の片方の乳首を舌でいじり倒す。

「あっ、ん、はぁっ……♥」

聖女様の声に愉悦の色が混じり、感じているのがわかった。

「こっちも刺激してほしそうだな」

俺はもう片方の乳首へと指を伸ばし、きゅっとつまむ。

「んうぅっ！　あっ、ん、クラートルさん、んぁ……」

指先と舌で乳首をいじっていく。くにくにとつまみ、舌でも転がしていった。

「あぁっ、ん、わ、私の、ん、乳首、そんなにたくさん、ん、はぁっ！」

乳首愛撫で嬌声をあげていくロフェシア。その反応を楽しみながら、愛撫を続けていく。

「あうっ、ん、はぁ、ああっ……♥」

俺は彼女の乳首を口に含むと、軽く吸い付いた。

「んあぁっ♥」

舌先でころころと転がし、時折ちゅっと吸い付く。

聖女様の爆乳おっぱいが、彼女の反応に合わせて波打つ。

「あぁっ、そ、そんなに、ん、吸っても何もでませんよ、ん、ああっ♥」

「気持ちよさそうな声はたくさん出てるけどな」

俺はそう言いながら、唇で挟んだ乳首を刺激する。

「んぅっ、はぁ、ああっ♥」

「それに……」

片手を彼女の下半身へと動かす。足の間へと手を差し入れ、下着越しに割れ目をさすった。

「あうぅっ、そこは、ん、ああっ……♥」

ロフェシアの、まだ誰にも触れさせたことのない聖域だ。

女の子の秘めたる場所は、もう濡れていた。下着越しにも、染み出してきた愛液を感じられる。

そのまま指先を往復させて、割れ目をなぞりあげる。

「ああっ、ん、ふぅっ♥」

「こっちからは、えっちなお汁がどんどん出てきてるみたいだぞ」

「あうぅっ……♥」

恥ずかしがるロフェシアの乳首に、もう一度吸い付く。

そし布地越しにぐっと指を押しつけて、割れ目を軽く押し開いた。

「んぁっ、ああっ……！」

大陰唇が割り開かれ、下着越しにその入り口をいじっていく。

「あっ、ん、はぁ……ふぅっ……」

もう十分に濡れているそのおまんこに、俺の昂ぶりも増していく。

「ロフェシア」

俺は乳首を解放し、割れ目からも手を離すと彼女を見つめる。

「ん、はぁ。クラートルさん……？」

仰向けの彼女は興奮に息を荒くし、頬を染めた状態で俺を見上げた。

その色っぽい姿に、ますます我慢出来なくなる。

俺は彼女の服へと手をかけて、残りも脱がせていった。

「あっ……んっ……♥」

ロフェシアは恥ずかしがるそぶりを見せつつも、期待したような目をこちらに向けて、そのまま身を任せてきた。俺は最後の一枚となった下着を脱がしていく。

「あぁ……」

秘裂が濡れて張り付き、割れ目のかたちがよく分かるそこをしっかりと観察する。

そのまますするすると脱がせていくと、クロッチの部分がいやらしく糸を引いて、女の子の花園が現れた。

「あうぅっ……」

ロフェシアは恥ずかしがって、足を閉じた。

このまま強引に開かせてもいいが、それならいっそ、と俺は声をかける。

「ロフェシア、四つん這いになって」

「よ、よつんばい、ですか？」

「ああ。それで、お尻をこっちに向けるんだ」

俺が言うと、ロフェシアは戸惑いを見せた。

「そ、そんな格好っ……」

ただでさえ初めての経験をしているのだ。もちろん抵抗のあるポーズだろう。

恥ずかしがる彼女は可愛らしく、もっと意地悪したくなってしまう。

「ほら」

「は、はい……ん、わかりました……」

俺がうながすと、彼女はこくんとうなずいて、身を起こした。

その爆乳が揺れて、俺を誘う。思わずこのまま押し倒したくなったが、ぐっと堪えた。

「ほ、本当にこんな格好……あぅっ……」

ロフェシアは、ベッドの上で四つん這いになっていく。

「足、もう少し開いて」

「はいっ、ん、あぁっ……」

言われたとおりに、足を広げるロフェシア。

突き出されたお尻の下で、女の子の割れ目が薄く花開いている。

そこからはとろりと蜜があふれ、オスを誘うフェロモンを放っていた。

「クラートルさん、あぁ……」

恥ずかしがる彼女を眺めながら、俺は自身の服を脱ぎ捨てていった。

すでに猛り、いきり勃った肉棒が、無防備なロフェシアを貫きたくて疼いている。

「いくぞ」

そう言って彼女に近づくと、その丸いお尻を掴んだ。

「んっ……」

ハリのある尻肉が俺の指を受け止めてかたちを変える。

俺は肉竿を近づけ、彼女の割れ目をなぞりあげた。

「ひぅっ♥　あっ、ん、こ、これ、クラートルさんの……んっ……♥」

肉棒を往復させて、何度も割れ目に擦り付ける。

愛液が亀頭を濡らし、おまんこがひくひくと反応した。

男を待ちわびるその雌穴に、俺はあらためて肉棒をあてがう。

「ロフェシア」

「あっ、ん、はぁっ……！」

名前を呼びながら、ゆっくりと腰を突き出す。

亀頭が割れ目を押し開いて、内側を目指して進んでいった。

すぐに先端が聖女の処女膜に行き当たり、侵入を妨げた。俺はぐっと腰を押し進める。

「んはぁぁっ！」

肉棒が処女膜を裂いて、その膣内に迎え入れられた。

熱くぬれたおまんこが肉棒を咥え込み、キツく締めつけてくる。

「あうっ、ん、はぁっ……私の中に、ん、クラートルさんのが、ん、ふぅっ……！」

初めて男のモノを受け入れ、ロフェシアが声をあげる。

四つん這いになっている彼女の身体に力が入るのがわかった。それに合わせて、狭い処女穴がさらに肉棒を締め付ける。俺は挿入状態のまま、しばらく彼女が落ち着くのを待った。

「あぅっ、ん、はぁっ……」

処女穴の締め付けを感じながら、じっとする。

うねる膣内が、形を確かめるように肉棒に絡みついていた。

「んんっ、はぁ、あぁ……」

やはてロフェシアが落ち着いたのを見計らって、声をかける。

「動くぞ」

「はいっ、ん、あぁっ……」

ゆっくりと腰を引くと、膣襞《ちつひだ》が肉竿を擦り上げてくる。

「あっ、んんっ……」

そしてもう一度奥へ向けて腰を突き出す。肉棒が狭い膣内をかき分け、進んでいった。

「あうぅっ、ん、ああっ……」

俺は緩やかなペースで腰を前後させていった。

「あっ、ん、はぁっ……♥」

何度か往復していくと、また彼女の声が色づき始める。

膣内も喜ぶように肉棒を締めつけ、受け入れていた。

俺はその細い腰へと手を回し、おまんこめがけて剛直を突き出す。

十分に濡れている蜜壺の気持ちよさを感じながら、往復していった。

「あふっ、ん、はぁっ、ああっ……」

ロフェシアが感じていくのに合わせ、腰をリズミカルに振って処女穴を楽しんでいく。

「あぅ、クラートルさんのものが、私の中っ、いっぱい往復して、ん、はぁっ♥」

また濡れはじめた蜜壺を突き、前後していった。

蠕動する膣襞が肉棒をしごき上げ、快感を送り込んでくる。

彼女のほうもすでに感じているようで、膣内は喜ぶようにうねり、肉棒を咥え込んでいた。

「んぅ、はぁ、ん、ああっ！」

ロフェシアが嬌声をあげて、身体を揺らした。

四つん這いの彼女は、その丸いお尻をこちらに突き出すようにしている。

俺はその細い腰をつかみ、抽送を行っていく。

「あふっ、クラートルさん、ん、ああっ！」

聖女の淫らな喘ぎ声に、俺の興奮はますます高まる。

「う、ロフェシア、あぁっ……！」

処女穴の締めつけで肉棒をむさぼられ、快感が一気に膨らむ。

「あぅっ、太いのが、私の中をいっぱいにして、ん、あっあっ♥」

声をあげて感じていくロフェシア。その淫らな姿と、狭くもしっかりとチンポを咥え込んでくる処女穴の気持ちよさに、限界が近づいてくる。

「あうっ、ん、なんだかすごいのが、ん、あっ、はぁっ……♥　頭の中、ん、全部、気持ちいいのに塗りつぶされちゃいますっ♥」

喘ぎながら、肉棒を締め付けるロフェシア。

「んぉ♥　あっ、ん、くぅっ、あふ、んあぁっ♥」

快楽に乱れ、聖女らしからぬ淫らな声をあげるロフェシアに興奮し、俺は腰を打ちつけていく。

「あっあっ、も、イクッ、ん、イきますっ、私、んぁ、あっ、イクゥッ♥」

ビクンと身体を反応させて、ロフェシアが絶頂を迎える。

膣道がきゅっと、射精を催促するように肉棒を締めつけてきた。

「う、出るっ！」

びゅるるるっ！　びゅく、どびゅっ！

そのおまんこのキツい締めつけに耐えきれず、俺は射精した。

「んあぁぁっ♥　熱いの、ん、クラートルさんの、んぁ、子種汁っ♥　私の、んぁ、奥にいっぱい、あっ、んぁっ♥」

中出しを受けたロフェシアが連続イキをして、その膣内をうねらせる。

射精中の肉棒をしっかりと咥え込み、精液を搾り尽くしてくるおまんこ。

俺は彼女の腰を掴みながら、その中に精液をどくどくと注ぎ込んでいく。

誰もが憧れ、崇拝する聖女の子宮に思いきり中出しする快感はたまらなかった。

「あっ……♥　ん、すごいです……お腹の中、熱いのがいっぱい、ん、はぁっ……♥」

しっかりと精液を搾りとり、ロフェシアが声を漏らした。

「ああ……俺もすごくよかったよ」

彼女の中に欲望を出し尽くすと、肉棒を引き抜いていく。

「んぁ……♥」

彼女はそのままベッドへと倒れ込んだ。

俺は最高の射精の余韻に浸りながら、淫らにうつ伏せとなった彼女を眺めたのだった。

●

帝国宰相であるクルーンは、女帝モナルカの祖父の代から仕えていた。

彼にとっての帝国は、人生そのものだ。

幼き日に隣国を平定し、青年期には法や経済を新たに整備し、そして今の安定した時代へと変わっていった帝国。

しかし、いささか安定の時代が穏やかすぎて、停滞期に入っているとも感じる。

かつての華々しい時代。戦えば連戦連勝だった栄華を知るクルーンからすると、その過去を食い潰しているだけにも思える。そんな状態からの脱却は必要なことだった。

しかし、女帝モナルカは落ち着いた安定志向の帝王だ。

それも仕方ないことなのかもしれない。

彼女が生まれたのは隣国との大戦後だ。帝国が領地を広げ終わり、その土地を整備し、落ち着いていく過程のときだった。

モナルカの父は若くして死に、祖父である前帝王は、その消沈と年齢から、晩年は落ち着いた方針をとっていた。勝ち取った土地の整備を終えても、次に手を伸ばすことはなく、帝国内を穏やかに調整していくだけにとどめていた。

それを見て育ってきた彼女が、祖父の方針を真似て停滞を選ぶのは分かる。

しかし、祖父の帝王が晩年行った政策は、必ずしも帝国の在り方として、よしとしていたわけではないことも知っている。老いたからこその処置であり、先々代にはまだまだ野心はあった。

あくまでも自らの年齢的にもう、新たな領土戦争に挑む時間が残されていないと判断したからだ、とクルーンは考えている。

十分な知識と心構えを仕込んでいた息子ならばともかく、まだ幼く帝王学の基礎も学び終えていない孫娘に、戦争をさせてまで国を栄えさせることは望まなかったのだろう。

そのことには、クルーンも異を唱えるつもりはないし、臣下としても不満はなかった。

前帝王の死後も、そのままモナルカに仕えているクルーンは、いずれは彼女自身が覚悟を持って立ち上がればいい、と考えていた。

けれど成長したモナルカは依然として、帝王として動く兆しを見せず、ただ国内の細々した部分に目を向けているだけだった。

地方領主ならば、それもまたひとつの在り方だろう。

足場をしっかりと固め、今ある領地をよりよくしていく。個々の地方がそうして基盤をしっかりさせていけば、国全体の力も上がる。

しかし帝王という立場ならば、より大きく物事を見るべきだ。

国内が落ち着き、騎士たちも訓練を怠ることなく力を蓄えている今、もっと積極的になるほうが長期的にはプラスになるはず。

そう進言もしているが、モナルカは戦《いくさ》に興味がないのか、動こうとしない。

女帝として周囲にも認められ、その実力がついた今も、彼女の方針は変わらなかった。

その先に待つのは、帝国の緩やかな衰退だろう。

強者の力は常に伸ばしていかなければ、衰えてしまうものだ。

城内を歩きながら、クルーンはどうすべきかを考えていた。

帝国はまだまだ伸びていける。だが、それには勇猛なリーダーが必要だ。

理想は、女帝であるモナルカが力と使命を自覚することだが、今のところそれは難しい。

このままでも、モナルカの代で帝国が傾くということはないだろう。

安定の中で、落ち着いた時代を作ることは出来る。

だが、その後は？

さらに数百年後は？

モナルカの方針を続けていけば、帝国は緩やかに力を失っていく。あるいはそれを期に、別の国が力をつけていくかもしれない。そうなれば崩壊はもっと早くなってしまう。そのとき。

『――――』

クルーンは不意に何かに呼ばれた気がして、周囲を見回す。

メイドや使用人たちが仕事のために行き交っているが、誰もクルーンに声をかけてはいないようだった。むしろ突然立ち止まり、周囲を見回した彼に声をかけるかどうか、迷っているそぶりを見せる者もいたが、それは謎の声よりあとのことだろう。

『――――』


何者かがまた、クルーンの心に呼びかけてくる。

その声にひかれるように、クルーンは踵《きびす》を返した。

声は城の奥深くから聞こえてくる。

意味のある言葉として聞きとることは出来なかったが、ひどく魅力的なものに思えた。

同時に、クルーンの中にはぼんやりとした靄《もや》のような、しかしなにか心を躍らせるアイデアと、高揚感が湧き上がってくる。

クルーンは声に誘われるまま、地下室へと向かっていった。

螺旋状の階段を下っていき、簡単な鍵のかかった扉を開ける。ここの鍵は重臣であれば、多くの人間が持っている。一応、外部の人間は入れないようにという程度のものでしかない。

その奥には廊下が続き、右手側には資料庫があった。

資料庫の奥にはさらに鍵のかかった扉がある。そちらは特別な鍵によって守られ、限られた人間しか参照できない書類が置いてあるはずだ。

帝国第一の重臣。宰相であるクルーンは、もちろんその鍵を持っていた。

だが、今の目的はそこではない。

クルーンは資料庫ではなく、さらに先を目指して廊下を進んだ。

地下には、城から脱出するための秘密通路もある。いざというときのために用意されているものだった。

とはいえ、これを使う機会などないだろう。

そもそも今の帝国が、この帝都まで攻め込まれるようなことはありえない。

一応、最低限の手入れはされているものの、それだけだ。

そこからさらに廊下を進んでいくと、突き当たりには祭壇の部屋があるはず。

祭壇自体も奥の資料庫同様に、限られた人間しか鍵は持っていない。

クルーンは鍵を使い、祭壇の部屋へと踏み入る。

城の最も奥深い地下。

石造りのホールの中で、奥に大きめの祭壇が用意されている。

祭壇の手前には鉄格子があり、そこの鍵は帝王しか持っていない。

クルーンは鉄格子の手前から眺めるしかない。

その祭壇に飾られているのは、邪神を封じていると言われている、帝国の神器——封印の剣だ。

それは遙かな昔のものであり、初代帝王は選ばれた者として封印の剣を託されたと言われている。

何百年、あるいはそれ以上昔のものとは思えぬほど、今なお輝きを放つその姿は、確かに並々ならぬものを感じる。

それ以来ずっと、こうして長い間、帝国に安置されているのだ。

それは帝国にとっても象徴的なものであり、かつては大きな説得力を持っていた。

といっても、それはもう過去の話。もちろん、今でも封印の剣は神器としてこうして安置されているし、帝王以外の人間が勝手に触れられないようにされている。

けれど、今の帝国がこの剣を必要としているかと言えば、そうではない。

もはや帝王の地位は盤石であり、象徴であるこの剣が紛失したとしても、状況に変わりはない。

初代帝王時代から伝わってきた貴重品であるという大切さはあるが、言い伝えのように、これこそが神に選ばれた証《あかし》であり、そこに皆が従う——というほどの価値はない。

今ではその建国の伝説自体、そこまで信じられているわけでもない。

神々も邪神も、遙か昔にこの世界を去っており、今やおとぎ話として伝わるだけ。

教会ですら本心では、神が我らの行いを天で見ており、降臨して助けてくれるとは思っていないし、主張もしていない。欲の多い司祭達の暮らしぶりを見れば、それは明らかだった。

教義としては、神に恥じぬような生き方と、この世界があることへの感謝を、という姿勢が教えられている。しかしすでに、司祭達自体がそうとはクルーンには思えない。

そしてクルーンも、本当に邪神が封印されているとは考えていなかった。

だからこうして声に惹かれて訪れた今も、それを邪神の影響だとは思っていない。

どちらかというと、こうして封印の剣を眺めに来たのは、帝国の在り方を今一度、自分が見つめ直すためなのではないか……とも考えた。

現在の帝王、女帝モナルカは、クルーンにとっては真の主だった王の孫娘。

彼自身にとっても孫とまではいかずとも、親愛の情は持っている。

そんな彼女だが、若い頃に信奉していた帝王と同じ気質を望むのは酷だろう。

クルーンのなかで、どこからか湧き出る考えが精神を支配していく。

むしろ宰相である自分が帝国の王としての在り方を体現し、モナルカを支えなければ。

彼女が女帝として輝いていられるように、クルーンが動いていくのだ。

むしろ強者としての陰惨な部分などは、彼女が知らないほうがいいのかもしれない。

それはクルーン自身の願望であり、流れ込む邪気の誘導だったが、もう逆らえない。

鉄格子越しに、封印の剣を眺めるクルーン。

帝国の象徴。かつてあった姿。そして、今あるべき姿。

もっと力を。絶対の力を。衰えていくだけではない、栄華を再び。

クルーンの心に、邪神の意思が流れ込む。

今はまだ、ただ彼の背中を押すだけの、わずかな力。

しかしそれは裏で、心を蝕んでいく。クルーンは何一つ気付くことなく、ただ自らの思いつきであるかのようにうなずき、身を翻すと祭壇を後にしたのだった。

●

帝国内で最も尊敬される聖女ロフェシアといえど、モナルカに接触出来る機会は限られている。

例えば年に一度の建国祭などにはロフェシアも呼ばれ、挨拶をかわす。

それが最も確実なチャンスだ。

他には教会が年に一度行う重要行事には、帝国の代表としてモナルカが参列することになっている。ただこちらはまだかなり先なので、狙うなら建国祭のほうだろう。

そちらにしても近日とは言いがたく、待機時間が長めだが仕方ない。

どちらも重要人物だしな。気軽に会うような立場ではない。

まあ、聖女であるロフェシアは俺の家を訪れるようになっているから、教会側はだいぶ仕込みが行き届いている。

それでも、ロフェシアがお忍び設定とはいえ、思った以上にひとりで出歩けるのは驚きだったが。

彼女自身が、俺と会いたいと思って行動してくれているからだろう。なんとなく嬉しい。

ともあれ、モナルカと接触するときの方法を考えつつも、基本は待つしかないため、穏やかな日々を楽しむことにしていた。

ロフェシアは聖女としての仕事があるが、アクルとは一日中でも一緒にいられる。

当初は街のあちこちに興味を示していた彼女も、さすがにここ最近は落ち着いている。

少しずつ、人間の世界での過ごし方にも慣れてきたのだろう。

そうなると俺も、もう少し彼女のことを知っておいてもいいかも知れないな。

「そういえばアクルって」

「ん？」

夜、リビングでのんびりしているときに、ふと思いついて声をかけた。

「信者が増えると神の力が強化されるとか、教会だと能力が強まるとかはないのか？　女神として」

神が世界から去って数百年以上。しかも今の教会が主神としているのはデウスという神だ。

教会で見た宗教画からしても、アクルは神様たちが並ぶ中にいるモブ、というくらいの扱いだ。

もしも神様らしく信仰が力のもとになるなら、アクルを強化するために何かしておけば、有利に進められるかもしれない。

「そういうのは、何もないわね」

しかしアクルはあっさりと言った。

「人間に崇《あが》められるのは気分がいいし、ちょっとは余分に力を発揮できるかもしれないけれど、それは人間の気分的なものと同じようなことだしね」

「そうか……」

つくづく女神っぽさに欠ける存在だ。いや、いま言ったような女神っぽさってのも、俺の勝手なイメージではあるのだが。

「アクルの力を強化して邪神に対処できれば、確実だと思ったんだけどな。昔はもっと、力があったんだろう？　アクルの話だとさ」

「そうね。まあわたしも、そうできれば一番いいんだけどね。……聖女がミスして封印が解けちゃ

って も、自分でもみ消せるわけだし」

小声で付け足したぼやきから察するに、やはりアクルは主神ほどの力はなさそうだ。

むしろ教会の言い伝え通りであり、一番上はデウス。アクルはこの邪神の件の担当者、という感じなのだろうか？

絵画で端っこ扱いだったことにはスねていたし、もう少しは上なのかもしれないがな。

今の彼女では復活した邪神に対抗できないというのも、何か理由はありそうだ。それが知りたいが、聞いても教えてはくれない。

大体こういう神話では、邪神の強さは主神に近いものであることが多いしな。

「なるほど。まあ、それならやっぱり、当初の予定通りモナルカをなんとかするしかないか」

「むっ……それはたしかにその通りなんだけど、わたしの女神力に対する疑念を感じる」

「疑念というか……まあ……」

邪神の件に対する前提として、アクルが本当に、自分を女神だと思い込んでいるだけの美少女ではない、というのはある。

そもそも衛兵に追われて、逃げていたくらいだしなぁ……。それはもちろん、彼らを女神の力でぶっ飛ばすわけにはいかなかった、というのもあるのだろうが。

「むむむっ」

いろいろ思い出した俺の顔を見て、アクルがうなった。

「それなら、勝負しましょ。負けたほうは今日この後、相手をご主人様と呼んで傅《かしづ》いて仕えるように。わたしを崇めなさい！」

そう言ってこちらを指さすアクル。

その姿には神の威厳はなく、信仰を集める存在には思えなかったが、まあいい。

たまにはアクルと遊ぶのも楽しいだろう。

「いいぞ、何で勝負する？」

「そうね……」

そう言って考えるアクル。

しかし『今日一日、ご主人様と呼んで仕える』というのは、余興としてはなかなかに上手い条件な気がする。本気の勝負にしてしまうと、スキルでこちらが圧倒的に有利だしな。

この条件なら害はないから、スキル抜きで勝負するのも楽しそうだ。

しばらく考えた彼女が用意してきたのは、ボードゲームだった。

手頃な場所に置いてあったからだろう。それとも、結構得意なのか……？

アクルが家に来てから買ったものだが、まだ使っていなかった。だから、アクルの実力は未知数だ。まあどちらでもいい、ということで勝負することになったのだが……。

「うっ……」

やっぱり、ただの思いつきだったようだ。

さしたる盛り上がりもなく、普通に俺が勝った。

自信満々に勝負を挑んできたが、それは勢いだけだったらしく、アクルはどちらかというと弱いいほうだった。

「最初の威勢の良さはなんだったんだ……」

「むぅっ……」

彼女は唇を尖らせる。

「クラ……ご主人様は、容赦なさ過ぎっ」

早速罰ゲームであるご主人様呼びをするアクル。その潔さはいいが、なんだか落ち着かないな。

「ご主人様、何かしてほしいことってないの？」

「いきなり言われてもな」

アクルはあまり正統派メイドって感じでもないし、これまでも仲の良い女友達といった接し方だったので、奉仕させることに歪んだ喜びを覚えるような関係でもない。

日頃から、女神だからとふんぞりかえって偉そうだというのなら違っただろうな。

それなら、ここぞとばかりにいろいろさせるのも面白そうだが、アクルは普段から素直だ。

女神というにはあまりに緩くて、毎日だらけてはいるけれども。

むしろこう、普段は怠けている子がたまに頑張ろうとしているのを、微笑ましい気持ちで見る親心、みたいな視点になってしまうことも多い。

「うーん、俺が何かを命令したいわけじゃなかったしな。家のことも……別にしなきゃいけないことはないし」

住み込みの使用人はいないものの、通いで家事をしてくれる人はいるわけで、何かに困っているわけではない。

「まあ、何か思い通いたら話すよ」

「むぅっ……ご主人様がいるのに、なにもしないってのも落ち着かないわね」

そう言って頬を膨れさせるアクルだが、俺がご主人様である以上、用がないと言われればちょっかいをかけるわけにもいかない。

というわけで、ちょっと珍しい呼び方を新鮮に感じたくらいで、罰ゲームは終わったのだった。

などと思っていたのだが。その後、風呂に入っていると、後ろでドアが開くのがわかった。

この時間、屋敷に他の人はいない。となれば、入ってきたのは間違いなくアクルだ。

「ご主人様、お背中を流してあげるわよ。ふふん、これはちょっと、メイドっぽいでしょ？」

そう言いながら、胸を張ってどや顔で入ってくるアクル。

バスタオルで前を隠してはいるものの、その大きなおっぱいに布地をとられて、下のほうはかなりきわどい。それに、隠れていたってバスタオル一枚だ。

ちょっとしたことで見えてしまいそうで、気になってしまう。

突飛な行動には違いないが、確かにこれは悪くないな、などと思ってしまうのだった。

この行動も【常識改変】の影響だろうか。俺は日々の生活の中でアクルに、【同居人である俺と性的なことをするのは当たり前】だという刷り込みを、地味に繰り返してきた。その効果が出すぎてしまっているのかもしれない。まさか自分から、こんな行動に出るとは思わなかった。

アクルの奔放な性格とスキル効果が上手く影響し合って、恋人のような関係に近くなってしまっているのかもしれない。

「さ、ご主人様。背中をどうぞ」

そう言って、俺の後ろに回り込んでくるアクル。

「しっかりと泡立てて、っと」

背後で彼女の動く気配がする。せっかくの機会だし、俺は彼女に任せることにした。

「ん、しょっ……」

彼女の手が、俺の背中に触れる。

泡まみれの手が、すべすべと背中を撫でるように動いてきた。

少しくすぐったくもあり、気持ちよくもある。

「こうして触れてると、クラートルの背中って結構広いのね」

アクルが俺の後ろで言い、手が背中を泡まみれにしながら動いていった。

「肩もがっしりしていて、ん、しょっ……」

自分とはまったく違う手の感触が、背中から肩へと動く。

そしてそのまま、後ろから右腕のほうへと移動してきた。

身を乗り出すようにして俺の腕を洗っていくアクル。

背後から密着しているため、俺の背中には、彼女の胸が柔らかく当たってくる。

先程はタオルで隠していたはずだが、泡まみれの背中にあたるおっぱいは生乳だった。

柔らかな感触がむにゅむにゅと背中を刺激する。

「ん、んっ……」

彼女は俺の腕から指先へと、自分の手を滑らせて洗っていく。

その動きに合わせて、ぐいぐいと押しつけられるおっぱい。

アクルの意識は腕を洗うことに集中し、押しつけられる胸が無自覚だというのも、なんだかいけないエロさがある。そんなことを思っている最中も、彼女は俺の腕を洗っていった。

「ん、次は反対を……」

彼女が逆の腕を洗い始め、おっぱいが背中から離れてしまう。

やや惜しいが、動きに合わせてちょこちょこ触れてくるもどかしさも、それはそれで良い。

「ん、しょっ……」

彼女は反対の腕も同じように洗っていき、先のほうへ進むに合わせて、またぐいぐいとおっぱいを押しつけてきた。

両腕を洗い終えた彼女は、次に胸板へと手を伸ばしてくる。

「じゃあ前を……。これって、なんだか抱きついてるみたいね。ぎゅー」

アクルはそう言うと、後ろから俺に抱きつき、その手を胸板へと回す。

「ふふっ、こうやって、ん、ふぅっ……」

彼女の手が俺の胸を撫でてくる。その手つきを感じていると、彼女の指が乳首をいじってきた。

「ここいじられるのって、気持ちいい？」

彼女の指先が乳首を愛撫してくるが、そこに性的な快感はない。

「いや、どっちかというと、俺の身体を撫で回すために、おっぱいを押しつけられてる背中のほうが気持ちいいな」

「えっ、あ、もうっ」

意図していない部分を指摘されて、少し恥じらう様子を見せるアクル。

しかし、すぐに気を取り直したようだ。

「クラートルはあまり乳首じゃ感じないのね」

そこで、逆に俺から少し背中を動かして、彼女の乳首を擦るように動いてみる。

「んっ♥　あ、だめ」

彼女から色っぽい声が零れた。浴室に反響して余計にエロい。

「ちょ、ちょっと……」

「アクルの乳首は、かなり敏感みたいだな」

すると、彼女は手を俺の乳首から下へとずらしていった。

「クラートルだって、ここは敏感でしょ」

「うぉっ……」

彼女は泡まみれの手で、いきなり亀頭を包み込んできた。

「ほら、ここもしっかり洗わないと♪　なでなでー」

泡でぬるぬるの指が、亀頭を撫でて刺激してくる。

「うっ……」

「ふふっ、ここ、もうこんなにガチガチにして……身体を洗われて、おっぱいを押し当てられて、もうこーふんしてるんだ？」

そりゃそうだろ、と思うものの、口にはしない。

それに、亀頭を撫で回されるのはこれまでとは桁違いの気持ちよさだ。

泡のおかげで滑りが良く、手のひらがリズミカルに刺激してくるのがやばい。

「さきっぽをなでなで……幹のほうもしっかりと、しーこ、しーこ♪」

「アクル、うぁ……」

彼女は泡まみれの両手で、肉竿を撫で回してくる。

亀頭責めと根元への手コキは、もう完全に背中を流すという目的からは逸脱している。

「んっ、一度意識すると、わたしのほうも胸が、んんっ……」

背中側から股間へと手を伸ばし、肉棒に愛撫を行うアクル。

そのおっぱいは依然としてぐいぐいと、俺の背中に押し当てられている。手コキで彼女自身が動くうえに、快感で俺がみじろぎすることで、アクルの胸へも刺激がいっているようだ。

「ふっ、ん、しーこ、しーこ、きゅっきゅっ♪」

彼女は艶めかしい吐息を漏らしながら、肉棒をいじってくる。

「出っ張ったところの裏っかわも、しっかりと綺麗に……んっ……」

指先がカリ裏を刺激してくる。

泡まみれの手はスムーズに肉竿をいじっていき、快感を送り込んできた。

「おちんぽ全体もちゃんと洗っていって、んんっ……」

「うぁ、ああっ……」

手コキのようにしごくだけではなく、真面目に洗うためなのか、手首をひねって回転の刺激も与えてくるアクル。天然なのか狙っているのか、テクニカルな手コキに俺は高められていった。

「洗ってるだけなのに、クラートルってば、おちんぽビンビンにして……泡まみれでえっちなおちんちん、ごしごし、しこしこっ」

アクルは楽しそうに言いながら、肉竿をいじり回してくる。

耳元に感じる美少女の吐息と、押し当てられるおっぱい。

そして泡による手コキで、射精欲が膨らんでいく。

「ん、なんか先っぽからあふれてきてるわよ。泡じゃないぬるぬるが、んんっ……」

彼女の指先が鈴口を刺激し、先走りをすくい取る。

「おちんぽを張り詰めさせて……すごくえっちだね」

そう言いながら、スナップの利いた手コキで肉棒をしごき、亀頭をなで回してくるアクル。

「あぁ……そんなにされると、うっ……」

「泡まみれのお手々でいっぱいごしごしされて、んっ、洗ってるだけなのに出しちゃいそうなの？」

アクルは俺の耳元でささやき、さらに激しく手を動かしてきた。

「うぁっ……！」

ぬるぬるの手が肉竿をしごき、亀頭を撫で回し、射精へと導いてくる。

「出る、う、あっ……」

「いいわよ。ほら、ん、出しちゃいなさい。なでなでなでっ、しこしこしこしこっ♥」

「あぁっ！」

アクルの手コキにうながされるまま射精した。

「きゃっ、おちんぽびくびく脈うって、白いのが勢いよく出てる……♥」

彼女は射精中の肉竿をさらにしごき、精液を搾りとっていった。

「こんなに出して……ここ、もう一度洗わないといけないね。ほらっ」

「あっ、出したばかりはっ……まだ……」

敏感なところを責められ、思わず声が漏れる。

「すごくえっちなおちんぽ……♥　んっ……ね、クラートル」

一度肉竿をから手を離したアクルは、発情した顔でこちらを覗き込んでくる。

「今度はわたしのアソコで、このガチガチおちんぽ、しっかり洗ってあげる♪」

アクルはすっかりとその気になって、迫ってきた。

「あ、でも、ずっと裸でここにいると身体が冷えちゃうから、ね……」

彼女は俺を湯船へと誘う。

俺は欲情して蕩けた表情のアクルに再び劣情をくすぐられ、素直にそれに従った。

お互いの体の泡と精液を洗い流し、先に俺が湯船に浸かる。

するとアクルはすぐに、俺を跨ぐようにしてお湯に入ってきた。

先に浸かっている俺の目の前に、立っているアクルのアソコがくる。

そこはお湯ではない液体で濡れており、いやらしい蜜がとろりとたれる。

胸を押しつけながらの手コキで、彼女も十分に感じていたようだ。

「クラートル、んっ……」

彼女はそのまま腰を下ろし、肉竿をつかむと、すぐにそれを自らの中へと導いていった。

「あふっ、ん、硬いのを、わたしの中に、ん、ああっ……♥」

そのまま座りながら、彼女のおまんこが肉棒を受け入れていく。

湯船の中で、対面座位のかたちで繋がった。

「あうっ、ん、はぁっ……」

濡れた蜜壺がしっかりと肉棒を咥え込み、膣道が吸い付くようにうねる。

彼女は俺に抱きつくようにしながら、腰を動かし始めた。

「んぁ、はぁ、ん、ふぅっ……」

先程は背中に当たっていたおっぱいが、今度は胸板に当たる。

柔らかく大きなその双丘と、肉竿を包み込むおまんこ。

俺はその気持ちよさに浸り、身を任せた。アクルが腰を揺らすと、水面が揺れて水音が響く。

「ん、はぁ、ああっ♥」

浴室内に嬌声が響き、水音と重なった。反響する声は淫らに響き、欲望を高めてくる。

彼女が腰を振るのに合わせ、水面で揺れるおっぱいを眺めて楽しむ。

「クラートルのおちんぽ♥　ん、はぁっ、わたしの中を突いて、ん、ああっ！」

喘ぎながらピストンを行うアクル。

膣襞が肉棒をしごき上げ、快感を送り込んでくる。

さきほどの泡まみれでの手コキも非日常的な気持ちよさだったが、アクルのおまんこはやはり最高だ。さすがは、雄の精液を搾りとるための快楽器官だった。

「あふっ、んぁ、はぁ、あうっ！」

気持ちよさそうに声を出しながら、腰を振るアクル。

「んっんっ、あっ、んぁ、はぁっ♥」

おっぱいが揺れながら水面を波立たせ、たぷたぷと視線を誘う。

そのエロい光景を眺めながら、腰を突き上げた。

「んくぅっ♥」

奥を突かれたアクルが嬌声をあげてのけぞる。同時に膣内がきゅっと喜ぶように反応した。

敏感な反応に気を良くした俺は、さらに彼女を責めていく。

「あうっ、クラートル、ん、そんなに何度も突き上げたら、んぁ♥　おちんぽ、奥までゾリゾリって、ん、ああっ！」

ぎゅっとこちらに抱きついてくるアクル。そのおっぱいが押し当てられ、柔らかさを伝えてくる。

俺は浮力に任せて、力強く彼女のおまんこを突き込んでいった。

「んぁっ♥　あっ、だめぇっ、んあぁっ♥」

淫らに喘ぎながら、彼女自身も腰を振り、快楽をむさぼるように動く。

「イクッ、ん、あっあっ♥ クラートル、ん、はぁっ♥」

嬌声をあげて乱れる彼女を突き、その秘穴をかき回していく。

「ああっ、イクッ！ ん、あふっ、んぁ、ああっ！ イクッ、ん、イクイクッ、あぁっ、ん、ああぁぁぁぁぁっ♥」

絶頂を迎えて抱きついてくるアクル。膣内もきゅっと収縮して肉棒を強く包み込んだ。

うねる膣襞が精液をねだるように締めあげ、俺はそれに応えるように、ぐっと腰を突き出した。

「ああっ、奥に、ん、おちんぽ届いて、あっ、んっ♥」

そしてそのまま、彼女の最奥で射精した。

「イクウゥゥゥゥッ！」

膣奥中出しで、アクルが再び絶頂を迎える。

連続イキしたおまんこが、吐き出された精液を喜ぶように受け止め、蠢動する。

「あっ、中、ん、熱いのが、奥にいっぱい、んん、はぁっ♥」

膣道が肉棒を締め上げ、精液をしっかりと搾りとっていく。

俺は彼女を抱き寄せて、その奥へと白濁を送り込む。

「んぁ……はぁ、あぁ……♥」

うっとりと声を漏らしながら、アクルが蕩けた顔で俺を見つめた。

お湯の温かさと膣内の熱さを感じながら、俺は気持ちよさに浸っていくのだった。

第四章　女帝を堕とす

邪神の件は、無論、大きな問題だ。

けれど女帝モナルカに接触する手段は限られているし、一か八かで強引な手に出るのは、リスクが大きい。

そんなわけでチャンスを待ってのんびりと過ごしていた訳だが、そうもいかなくなったようだ。

朝、起きてきたアクルが、困ったように切り出してきた。

「邪神の気配がすごく強まってるわ。封印が急に弱くなってるみたい」

「なんだって？」

「今すぐってわけじゃないけど、この調子だと、建国祭まで呑気《のんき》に過ごしてる余裕はなさそうね」

「そうか……それなら、ロフェシアに連絡を取らないとな」

邪神の気配がより色濃くなっているならば、封印の剣を所持しているモナルカも気付いているかもしれない。

しかし、そもそも邪神を信じていなければ、よくない気配を察知したところで、それが封印のことは繋がらないことも考えられる。

それでも聖女であるロフェシアからの説明があれば、女帝にも納得してもらえるかもしれない。

アクルにしか気配がわからない状態では難しいが、なんとか伝えなければ。

もう一度突っぱねられたとしても、一度でも聖女様から邪神について話してもらえれば、いざというときには城からも連絡をくれるかもしれない。何もやらないよりはずっと良いだろう。

とにかく、こうなっては早めに動いたほうがよさそうだった。

●

女帝モナルカは、焦りを覚えていた。

ここ最近、城内の空気は大きく変わっており、それは彼女にとって逆風だった。

宰相クルーンの様子がおかしい、というのが確信に変わった頃、すでに城内の家臣の心は、彼の手によって割れていた。

クルーンは急激に自身の勢力を伸ばしている。その派閥の多くは、モナルカよりも前の世代の家臣である貴族達や、帝都から離れた土地の領主達だ。

祖父の代から仕えていたクルーンは彼らの信頼も篤く、また宰相として大きな力も持っていたため、一定数の貴族たちは密やかにそちら側へとついた。

無論、今はまだ表向きにはなにもしてこない。

クルーン自身も、彼の派閥に下った人間達も、表面上はこれまでとそう変わらず過ごしている。

しかし城内のバランスは確実に変わっていた。

今のところは、正当な血筋であるためモナルカのほうが立場は強いが……。

けれどここ最近の動きを見るに、それをどれだけ維持できるかは怪しい。

また、単純な勢力の数以外の問題もある。

クルーンは先代からの帝王の相談役でもあり、モナルカの政治についても多くのアドバイスをもたらしてきた人物だ。

実務面を任せてきた面もあるし、モナルカにとっての精神面でも大きな位置を占めていた。

その彼がおかしくなったことは、対抗勢力の増長以上にモナルカを不安にさせた。

クルーンは以前から、先々代皇帝の若い頃と同じように、さらなる侵略と領土開拓を求める姿勢ではあった。

モナルカは晩年の祖父同様、今ある土地を安定させるのを優先させたため、その方針とは合わなかった。

その結果として、彼はタカ派の人間を集め、より積極的な動きをもくろんでしまったのだろうか。

争い事とは、収めるのは難しく、起こすのは簡単だ。

ともすれば、領主達のうちの誰かが、侵略したい土地にちょっかいをかければそれでいい。

相手が黙っていられなければ、それで戦争の始まりだ。

いざ争いが始まってしまえば、モナルカたち穏健派もじっとはしていられない。

巻き込まれるかたちで戦わざるを得なくなる。そしてそうなれば、結果としてクルーンたちの望むままだ。

隣国が戦争をし、帝国が新たな土地を得る。大きな犠牲と引き換えに、だ。

負けることは、モナルカも考えていなかった。帝国の、ほとんどの貴族がそうだ。

だからこそクルーンや、血気盛んな青年領主は、当然のように勝てる戦争をして、土地を得たいと考える。

しかし勝てると言っても無傷ではないし、土地を得た後はそこを管理していく必要がある。そのリスクとリターンを考えて、これまでは過半数の貴族たちも、争うことをよしとしていなかった。

今でも帝国には、十分な豊かさがある。

上を見れば、世界の全てを手に入れるまで終わりがないのかもしれないが、そこまで強欲になる必要も感じない。

奪わなければ生きられないような時代ではないのだ。

しかしモナルカでは、クルーンにそれを納得してもらうことはできなかったのだろうか。

どうにかして、クルーンたちに対抗しなければいけない。それが女帝としての務めだ。

聖女ロフェシアから謁見の願いが来たのは、そんな中だった。

これは好機だ。モナルカはそう考えた。

これまでは教会との関係もクルーンに任せていたが、聖女をこちら側につければ旗色は変わる。

信心深い国民達は間違いなく、モナルカを指示するだろう。

現状では戦争をする理由なのないのだ。聖女からの反対が入れば考えを改める貴族も多いだろう。

聖女や教会を無視してまで侵略を行いたいと思う者は、この国にそう多くはないはずだ。

今はまだ大多数は、目先の利益を求めて宰相側についているだけだと思う。

帝王とは違うかたちでこの国を守護してきた聖女の反対を押し切るほどの覚悟はないはず。

モナルカはそう考えて、さっそくロフェシアと会うことにしたのだった。

●

モナルカとの謁見が急に決まり、状況は動きを見せていた。

俺はロフェシアの付き人として、その謁見に同行することになっている。

本来ならそれは教会の人間であるはずで、部外者の俺というのはあり得ないことだが、そこはスキルの使いどころだ。俺が行くことに、誰も疑問を抱かなくなっている。

そのまま教会の人間として城に入ってしまえばもう、城内の人にスキルを使う必要はない。侵入者ではないので、聖女とともに行動するだけだ。

しかし女帝や貴族、騎士達の上位者には抵抗力があるだろう。

スキルは基本的に、その強さは個人の資質。抵抗力もまた、人それぞれだ。

女帝のように血筋が良い場合は優秀である可能性は高いし、警護的な意味でも、精神系のスキルへの対処法を衛兵達が用意している場合もあるだろう。うかつなことは出来ない。

そして聖女は、世襲ではなく個人の資質から選ばれる。

だからスキルに関しても、ロフェシアは一流だ。

俺が知る限り、ロフェシア以上のスキルは見たことがなかった。

ロフェシアのスキルについては、その全力を目にしたことはないのだが、それでも庶民とは格が違った。彼女のスキルは、強力な範囲治療だ。

その名の通りで、一定範囲内にいる人々を同時に治療する能力。まさに聖女様というスキルだ。

今代では他には使用者がいないほど強力で、聖女らしい特別さだと言えるだろう。

アクルによれば、聖女による封印はスキルとは別らしく、もっと違う方法なのだという。

そのためにもまずは、モナルカに会うことが先決だ。意外なことに今回は、モナルカのほうにもロフェシアへの相談ごとがあるらしい。ハッキリそうとは言われていないが、時間を取ってほしいとの要求が、極秘裏にあったらしい。それだけでなく、城からの使者もいつもとは違っていて、近衛の騎士が直々に訪れたというから不思議だ。

城へと向かうときは、通常なら案内役の衛兵が先に教会に来るらしいが、その手順も今回は違うという。城でなにか変化があったのだろうか？

そんな気になる謁見の前夜、ロフェシアが俺の部屋を訪れてきた。

部屋に招き入れると、ロフェシアはしおらしい様子で俺を見つめてくる。

「何度かお会いしたことはあるのですが、女帝であるモナルカ様と込み入ったお話しをするのは、やっぱり緊張します……」

彼女は不安そうに言った。

「ロフェシアでもそうなのか」

庶民に比べれば、ずっと対等な立場として、女帝と会う機会もある聖女のロフェシア。

それでもやはり、帝国を統べる女帝を前に平静ではいられないようだった。

まあ、特に今回は邪神の件があるしな。ロフェシア自身がまだ確信を持っているわけではないことを話して、相手を納得させなければならないのだ。

俺も同行するが、それでも苦労をかけてしまうな。

普段どおりの、型にはまった挨拶とは心構えも違うか。

モナルカが邪神の話を聞いて、どう出てくるかはわからない。アクルが話したときには、まったく相手にされていないのも大きい。おかしな女の子の戯れ言と思われていたら、第一印象としては最悪だ。そこで話が終わってしまう。

その場合はもう、なんとか隙を作って俺が【常識改変】をかけるというのが一番だろう。

だが、そのチャンスを上手く作れるとは限らない。謁見のとき、俺がどの位置に居られるかは未知数だからな。聖女であるロフェシアの言葉で、モナルカが納得してくれるのが一番だ。

しかしそれはそのまま、ロフェシアの重荷になる。

「あまり気負わなくても大丈夫だ、いざというときはなんとかするよ」

俺は彼女を安心させるようにそう言った。

「考えすぎるときは、他のことで気を紛らわせるのが一番だな」

俺はそう言って、彼女を優しく抱き寄せる。

「ん、クラートルさん……」

快楽は不安を紛らわせてくれる。人のぬくもりもそうだ。

彼女はその豊満な身体を、こちらへと預けてきた。

俺はそのまま、彼女をベッドへと誘導する。もう何度も抱いているから、ロフェシアも抵抗はしない。いや、むしろこっちのほうが、今日の目的だったのかもな。

本質的な解決方法ではないが、ロフェシアが勇気を出せるなら、それにこしたことはない。

「んっ……」

唇を寄せると、ロフェシアはそれを受け入れる。

お互いが不安や悩みを抱えたとき、【セックスで支え合う】のは、俺とロフェシアの常識だ。

細い肩に優しく触れ、うっとりとした彼女をベッドへと押し倒す。

「ちゅっ……♥ ん、はぁ……」

キスをしながら、経験を重ねても清純なままの雰囲気を持つ彼女に覆い被さる。

そしてその汚れ無き胸へと手を伸ばしていった。

むにゅんっ。

柔らかな爆乳が、俺の手を受けてかたちを変える。

乳首の部分は服に隠れているとはいえ、元々露出も多く、その爆乳は半ばあらわになっている。

だから横乳部分などは、直接その肌に手が触れる。

俺の指がしっかりと沈みこむほどの柔肉。

指の隙間から乳肉があふれてくる光景も、いやらしくてすごくそそる。

そのままむにゅむにゅと爆乳を揉んでいった。

「あぁっ、ん、はぁっ……」

彼女の口から、艶めかしい声が漏れる。柔らかな感触とその声は、俺の興奮を高めていった。

「クラートルさん、ん、ふぅっ……」

潤んだ瞳で俺を見上げる彼女の服の隙間から、指をそっと忍び込ませていった。

そしてロフェシアの乳輪を指先で刺激する。

「んんっ……」

彼女はそれに敏感に反応した。相変わらず感度がいい。

俺はその淫らな様子を眺めながら、乳輪をなぞるように指先を動かしていく。

時折中心へと近づき、すぐにまた外周をなぞる。

「あぁっ、ん、はぁ……」

フチ側を責めつつも、乳頭には極力触れずに愛撫を続けていった。

「あぁっ、クラートルさん、ん、はぁっ……♥」

彼女は切なそうに俺を見つめた。焦らすような指先にもどかしさを感じているようだ。

「ここを、触ってほしそうだな」

そう言って、俺はいよいよ彼女の先端に触れた。

「ひゃうっ♥　ん、はぁっ……！」

焦らされてより敏感になっていたロフェシアが、嬌声をあげる。

俺は指先で乳首を擦り、軽くつまんだ。

「あふっ、んんっ……♥」

ロフェシアはその爆乳を突き出すように背を反らせる。

俺は指先でぐっと、乳首をその豊乳の奥へと押し込んでいった。

「んぁっ♥　あぅっ」

彼女は嬉しそうに声をあげ、乳首をいじられて感じていく。

「あぁっ……♥　ん、はぁっ……」

柔らかな爆乳を揉みながら、乳首だけを執拗に愛撫していく。

極上の感触と、敏感な彼女の反応。

そのエロさに、欲望が高まっていく。

「ロフェシア」

俺は彼女に呼びかけると、片手を下へと滑らせた。

片手では乳首をいじりながら、服越しに身体を撫でつつ下半身へ。

そして下腹を通り過ぎ、あらわになっている腿を撫でていく。

「んっ……」

内腿を撫でながら、今度は股間へと上がっていった。

短いスカートの内側へと指を這わせ、内腿から付け根へと侵入する。

「あっ、んんっ……」

そこへの待ち望んだ刺激に、期待に満ちたような声を出すロフェシア。

俺はそのまま内腿も愛撫しながら、下着越しにその秘裂へとたどりついた。

「あぁっ……♥」

下着の上から、割れ目をなで上げる。

彼女のそこはもうはっきりと濡れており、下着から粘つく愛液が滲み出している。

「すごく濡れてるな」

「そんなこと、ん、あぁ……♥」

恥ずかしそうに身をよじるロフェシア。

俺はそんな彼女の割れ目をいじり、さらに潤いが増すように刺激する。

「んんっ、あっ……♥」

そしてついに下着をずらして、直接触れていった。

指先で肉のヒダを擦りながら、軽くそこを押し開く。

「んぁ、ふぅっ……」

彼女は小さく声をあげながら、俺の指を受け入れてくれた。

くちゅり……と、秘裂の内側に指を滑り込ませ、入り口付近をいじっていった。

「あうぅっ、ん、はぁ……♥」

緊張をほぐすように、おまんこもほぐしていく。

愛液が指先をふやかし、さらにあふれてくる。

「あぅっ、クラートルさん、ん、あぁ……♥」

彼女は切なそうな声を出して、その秘部を晒している。

もう十分以上に濡れ、ヒクついているおまんこ。

一度指を引き抜くと、自分のズボンと下着を脱ぎ去った。

「ああ、クラートルさんの、すごく逞しく……♥」

彼女が勃起竿を見上げてうっとりと言った。

もうすっかりと発情した顔で、肉棒へと熱い視線を送ってくる。

そんなロフェシアの様子に、ムラムラを抑えきれない。

「ん、私の中に、きてくださいっ……」

そう言って、彼女は自らの指でおまんこをくぱぁと広げた。

いやらしく濡れたピンク色の内側が、チンポを求めてヒクついている。

聖女様の清楚なこの秘穴が、どれほど気持ちいいかはすでに知っている。

そのおねだりに我慢できるはずもなく、俺は彼女のそこへと肉棒を向けていった。

「ん、ああっ……！」

そのまま肉竿をあてがい、ぐっと腰を押し込む。もうそれだけで気持ちよすぎた。

「お、おおお……やっぱりすごいな……」

とろとろに濡れたおまんこが、肉棒を咥え込んでいく。

「あふっ、ん、あうぅっ♥」

熱く濡れたその膣内を、我慢できずに往復していく。

蠕動する膣襞《ちつひだ》が肉棒をしごき上げ、快感を送り込んできた。

「あふっ、ん、はぁ、ああっ……♥」

気持ちよさそうに声をあげる。今はただ、彼女も快感に流されているようだった。

女帝との謁見への緊張を快感で塗りつぶすように、腰を振っていく。

「んはぁっ、あっ、ん、くぅっ……！」

ピストンに合わせてロフェシアの身体が揺れ、その爆乳も柔らかそうに弾んでいく。

蜜壺をかき回すように突くと、嬌声とともに愛液があふれてきた。

「クラートルさん、ん、ああっ♥」

ひと突きごとに、どんどん感じていくロフェシア。

聖女様の膣内を、欲望漲るチンポで遠慮なく往復していった。

「んんっ、私の中、あっ♥　クラートルさんので、いっぱいに、ん、ふぅっ……！」

膣奥までぐいっと肉竿を届かせ、ストロークの長い抽送を繰り返す。

「はぁ、ん、あっ、あうぅっ……♥」

彼女の口から漏れる喘ぎ声を聞きながら、そのと尊いおまんこを味わった。

緊張も不安も、その全てを快感で塗り潰すように、往復を繰り返していく。

「んはぁっ♥　あっ、ん、クラートルさん、私、あっ♥　もうっ、イっちゃいます、ああっ！」

淫らなセックスで激しく乱れる彼女に、腰をトドメのように打ち付けていく。

ロフェシアが気持ちよさしか感じられないよう、その膣内を肉竿で突き崩す。

「んはぁっ！　あっ、ん、もう、だめぇっ♥　んぁっ♥　イクッ！　ん、イクッ、イクゥッ♥」

快楽に声をあげ、感じていくロフェシア。

昂ぶった膣内がきゅうきゅうと肉竿をしごき、精液を搾ろうと蠢く。

その粘膜の気持ちよさと、嬌声をあげて感じるロフェシアの姿に、俺のほうももう限界だ。

「ああっ、ん、イクッ♥　イきますっ♥　んぁ、あっあっ、イクッ、ん、イクウゥゥゥッ！」

「うぁっ……！」

彼女が絶頂を迎え、膣内がきゅううっと収縮する。ただでさえ名器なのに、根元を強烈に締めつけられるこの瞬間はさらに気持ちがいい。

メスの本能が肉棒を容赦なく締めつけ、射精をうながすようにうねった。

その気持ちよさに、俺は耐えきれなくなる。

「出すぞ！」

「あっ、ん、あふっ、んぁ♥　ああっ！」

俺はイっている彼女のおまんこを突き、そのまま放出した。

「んはぁぁぁっ！」

絶頂中のおまんこに中出しを受けて、彼女がさらに声をあげる。

膣内が精液に反応し、放出中の肉棒をしっかりと咥え込む。

そして精液を搾りとるように、何度も収縮を繰り返しながらうごめいていった。

その淫らなおねだりの締めつけに促され、俺は精液を余さず放っていく。

「んぁ、あふ、中に、熱いのがいっぱい、ん、うぅっ……♥」

彼女は蕩けたように脱力していく。

それとは裏腹に、蜜壺のほうは肉竿をぎゅっと咥え込んで放さない。

俺は最後まで射精を終えると、肉竿を強引に引き抜く。

「あんっ……♥　あ……出ちゃいました♥」

そしてそのまま、彼女の隣へと転がった。

「クラートルさん♥」

ロフェシアが身体を横に向けて、こちらへと抱きついてきた。その顔からはすっかり緊張が消え、俺への信頼のようなものが溢れている。

俺は彼女を抱き締めかえし、優しく背中を撫でるのだった。

●

俺は初めて、帝都の城内に足を踏み入れた。

堅牢な石造りの外観は知っていたが、それを遠くから眺めるだけだった。

一般市民としては、それが当たり前だ。今でこそスキルの力によって、街中ではいろいろと融通が利くような立場にあるものの、それもあくまで庶民階級としてだ。

もっと戦闘向きのスキルや、強力な魔法使いは多くいる。

ちょっとした成金程度では、貴族世界にはそう簡単には入っていけない。

帝国の城はまさに、その権力や階級主義の象徴だった。

聖女であるロフェシアの付き人としてではあるが、こうして城のカーペットの上を歩けているということすらも、俺には不思議に感じられる。

アクルは降臨時にモナルカに顔を見られているため今回は留守番だ。女帝が追わせた少女が一緒では話がややこしくなる。

彼女がいれば邪神の復活状態はもっと調べられたかもしれないが、近衛騎士は彼女を覚えているだろう。最終的には街の衛兵達にまで追われていたから、もしかすると手配書ぐらいはあるかもしれない。そんなアクルを城内に入らせるなら、出会う全員に【常識改変】をしないといけないだろう。

城内には多くのメイドや使用人がおり、城勤めの貴族たちも行き交っている。

聖女の威光はさすがと言うべきか、すれ違うときには、そんな貴族からさえ道を譲られた。

俺達は女帝専属のメイド長だという女性に案内されながら、謁見の間に向かう。

最初こそ城に入ったことで緊張していたが、城内の空気がどこかおかしいことに気付く。

全体的に、誰もがピリついているように感じられるのだ。

その理由まではわからないが、平和な時代の穏やかな城内という感じではなさそうだった。

なによりおかしいと感じたのは、突然の聖女の来訪に驚いている様子の者がけっこういたことだ。

少し前を行くロフェシアもその気配を感じ取ってか、こわばった様子が伝わってくる。

彼女は場内にも慣れているはずだから、この異様な空気には俺以上に違和感があるのだろう。

城内の様子に不審なものを感じつつ、いよいよ謁見の間へとたどり着く。

メイド長が警備兵に声をかけると、内側から大きな扉が開かれ、その向こうには玉座があった。

そしてそこには女帝モナルカが腰掛けていた。遠目になら、俺も祝い事などで見たことがある。

俺はロフェシアの後ろに続くかたちで、前に進んでいった。

「モナルカ様。お会い出来て光栄でございます。拝謁の栄誉をいただき、感謝いたします」

ロフェシアが口を開き、型どおりの挨拶を始める。今回の謁見は女帝側からの申し出ではあったが、形式的には聖女側が感謝を述べるようだった。

モナルカの側に控えている近衛の騎士同様、今の俺は空気として口を挟むことなく、大人しくしている。この部屋には十名ほどの人間がいるが、発言権があるのはロフェシアとモナルカ、そしてモナルカの補佐らしき貴族男性だけなのだろう。

護衛の騎士を始め、その他の人間は、この場ではカウントされない。聖女と女帝、ふたりそれぞれの付属品みたいなものだ。

それ自体は、貴族界では普通のこと。使用人は空気のように存在し、その役目を果たす。

そんなわけで、俺は大人しくふたりのやりとりを見守ることにする。

挨拶を終えてますは、ロフェシアが帝国の繁栄について、教会が祈りを捧げていることを伝えていく。これもまた、いつもの内容なのだろう。

国民達は神々とモナルカに感謝し、穏やかに暮らすことが出来ている。それもモナルカの善政ゆえであると、聖女は女帝を讃えた。

そこで話が逸れ、聖女が行う神への祈りの中で、最近はおかしなことが起こっていると続ける。

この帝国に災いが近づいている。これは神からの啓示なのではないかと聖女は語った。

ここから本題に入るのだろう。俺はそう感じた。邪神復活の件だ。

「城内に入ってから、なにやら不穏な気配を感じております」

城内の違和感の理由は定かではないが、ここはその空気に便乗しようというわけだ。だが、まだ邪神のことは話さない。

今回の謁見は女帝側からの申し出だ。つまりはモナルカも何かしらは聖女に用があったはず。

そしてこの城内の異様な気配はそれと無関係ではないと予想して、ロフェシアは上手く誘導するつもりなのだろう。女帝側から話を引き出せば、周囲の反応を気にせずに邪神の話題が出せる。

「ほう……聖女様はやはりおわかりか……うむ」

どうやら正解だったようだ。ロフェシアの言葉に、モナルカは小さくうなずいた。

尊い聖女の言葉だということもあって、モナルカもすぐに否定はせずに受け止めているようだ。

そうなると本当に、ロフェシアが城内に入ってから表情を硬くしていたのは、モナルカに会う緊張ではなく、邪神の気配を感じ取っていたからなのだろうか。

あいにく俺には、そっちの気配はさっぱりわからなかった。わかるのは人間の様子だけだ。

城内のピリついた空気は邪神というよりも、もっと人間らしい不和に感じられたのだが……。

あるいは、それもまた邪神の影響によるものなのだろうか？

俺自身は、特殊なスキルを持つだけの一般人なので、邪神については専門外だ。

女神であるアクルや聖女のロフェシアみたいに、その気配を察する力はないだろう。

「では……モナルカ様にもお心当たりがあるのですね？」

ロフェシアはあくまで、女帝の言葉を待つつもりのようだ。

しかしこの謁見の間には、あまりに人が多い。

自分が信頼する面々なのだろうが、それでもモナルカは慎重な様子だ。

モナルカは帝王として、自分の口からは悩みを話さなかった。その代わりにだろうか、しばらくロフェシアとやり取りを続けた後に、ある誘いをかけてくる。

「さて、聖女様にいろいろとお聞きいただき、心も幾分かは落ち着いたようだ。せっかく聖女様に城までいらしていただいたのだ。このあとは、お茶でもどうだろうか？」

モナルカの言葉に、ロフェシアが頭を下げる。

「光栄です、モナルカ様」

女帝とのお茶会か……。庶民からするとものすごいシチュエーションだが、さすがは聖女といったところだろう。周りの貴族達も、この誘いを不思議には思っていないようだ。

しかしこのお茶会は、本当にお茶を飲むだけということはなさそうだ。

おそらくモナルカには、目的がある。先程の続きではないだろか。

それはやはり、城内の雰囲気と関係するものだろうか？

ロフェシアと相談できないこの状況では、判断は彼女に全て任せるしかない。

俺はもしもの時に備え、スキルの使いどころを考えるのだった。


お茶会は、モナルカの私室で行われることになった。もちろん、たくさんある部屋の一つだろう。

聖女様とゆっくり話したいということで、モナルカの指示で人払いが行われる。

ロフェシアの願いでかろうじて俺は同席を許されたが、念のために近衛騎士にはスキルをこっそり使い、俺への警戒心は無くしておいた。かなり難しかったがなんとか効いているようで、モナルカから少し離れた位置にその女性騎士は立ってくれた。これである程度は、自由に話せるだろう。

モナルカもまた、臣下にさえ聞かれたくない話があるようだったので、それも好都合だった。

ロフェシアの隣に座り、たわいもない世間話程度の会話を聞く。しかし形式的だった謁見とは違い、両者ともに意図がある会合なので、話はすぐに城内のことになった。

モナルカは最も信頼していた宰相の心変わりと嘆き、自分のふがいなさが遠因だろうかと打ち明ける。どうやらこのふたりは、俺が思っていた以上に関係が深いようだ。お互いに立場のある女性として、何年も交流があったからだろう。

友人と言うほどではなくとも、まるで懺悔のように、女帝モナルカは聖女に悩みを打ち明けた。

積もり積もった悩みを聞きながら、ロフェシアは聖女としてそれを受け入れ、アドバイスを繰り返す。決してモナルカのせいではないこと。先程の聖女としての口上も嘘ではなく、国民達は女帝の平和主義な善政に感謝していることを伝える。

そしていよいよ、ロフェシアは邪神のことに触れた。今ならば、聞く者はモナルカだけである。

城内に入ったときから、恐るべき邪悪な気配を感じていること。そして、いま聞いたばかりの宰相の異変も、おそらくは神話にある邪神の能力の影響ではないかということを指摘する。

「邪神は国宝である剣に、女神の力で封印されております。私であれば、その封印の状態を確認出来ますので、剣を調べ、場合によっては再封印を施す許可をいただけますでしょうか？」

ロフェシアの言葉に、モナルカは考え込む仕草を見せた。

「あれはこの国に伝わる神器。まさかそんなことになっているとはな。聖女様にしか分からないことであろうな。――ロフェシアがそう言うのであれば、確認の必要はあるのかもしれない」

そこで言葉を切ったモナルカは、ロフェシアを見つめる。

そのまなざしは力強く、後ろから見ている俺にも迫力が伝わってくる。

特に圧をかけているというわけではなく、モナルカの生き方が現れているのだろう。

「再封印を施すにせよ、準備もあるだろうし、まずは実際に見てもらうことにしよう。その上で、今のお話しを信じるかどうか決めたいと思う。聖女様への不敬ではあるが、御容赦いただきたい」

モナルカはそう言うと、部屋の隅にいた使用人のひとりに目配せをする。

モナルカに近寄り、何やら命じられた使用人は一礼して部屋を出る。

「では、さっそくまいろうか」

立ち上がったモナルカに促され、ロフェシアと俺も部屋を出た。

封印の間は地下にあるらしい。その場所は重臣と女帝しか本来は入れないということで、護衛の騎士も先程通った扉で立ち止まり、モナルカの指示で待機した。

先にスキルで俺を信用させておいて良かったようだ。そうでなければ俺も止められていただろう。

俺はふたりに続いて、封印の剣が安置されているという場所へと向かう。

地下へと続く階段があるというので、モナルカに従って資料室のような部屋を進んでいく。

すると通路の正面から、ひとりの男性が近づいてきた。

「モナルカ様、おひとりでどちらへ？」

「クルーンか」

いかめしい雰囲気の男性が声をかけてきて、モナルカが応える。

俺の前で、ロフェシアが身を固くした。

顔が怖いから……ではなさそうだ。彼がその宰相であると、こっそり教えてくれる。

だとすれば、今ここで出会うのは非常にまずい気がする。というか、宰相ともあろう人間が、なぜこんなところに？　俺の中で疑問が膨れ上がる。やはり、彼にはなにかあるのだ。

そう思う俺以上にロフェシアも、宰相には警戒しているようだった。女帝を悩ませる不穏な話を聞いた後ではあるが、それだけではない気配を感じているようだ。

「なに、お茶会の続きとしての余興だよ。聖女様が国宝である封印の剣を見たいと言うのでな」

「それは――」

宰相は何かを言いかけて、言葉を飲み込んだようだった。

「そうでしたか。聖女様、どうぞごゆっくりご覧下さい。伝承によれば封印の剣は神に認められた証であり、教会からお預かりしているようなものですからな」

それだけを言って、彼は道を譲った。

「ではな、クルーン」

モナルカは宰相のほうへ気を向けるようにしながら、再び進んでいった。

ロフェシアに意識を集中しながら、モナルカに続く。

俺も彼女たちに従って歩き出したが、しばらくしてこっそり振り向いた。

距離が離れてからも、宰相はモナルカたちの背をじっと見ていたようだ。

その目はどこか暗く、濁っているように思う。

彼は俺の視線に気付くと、その目をこちらへと向けようとする。

俺はその時点で視線を切り、ふたりの後へと続いていった。

背後にわずかの間、よどんだ視線を感じた。


地下へと階段を降り、重要そうな扉を鍵で開けると、モナルカと共に入っていく。

宰相が後をついてくるようなことはなかった。背後にはもう、他の気配もない。

このあたりは日常業務で来る役人もいないということで、急に人の気配が消え、なんだかとても静かな印象だ。廊下には他の部屋に続くだろう扉もあったが、モナルカはまっすぐに突き当たりを目指して進んでいく。

厳重に警備された城の地下だ。

封印の剣以外にも、いろいろなものが置かれているのだろう。

俺にはわからないが、価値ある骨董品や、伝承に残るようなアイテムもあるのかもしれない。

俺達はそのまま進んでいき、いよいよ突き当たりの部屋へと行き着く。

扉を開けると、そこには古めかしい祭壇があった。

しかし、その祭壇の手前には頑丈そうな鉄格子があり、そちら側へは行けなくなっている。

祭壇の上には、一振りの剣が安置されていた。

あれが封印の剣なのだろう。

目の前で、ロフェシアが息をのむ気配が感じられた。

俺にとっては、祭壇の見た目も含めて神聖な雰囲気を感じるだけだが、聖女であるロフェシアは邪神の力を色濃く感じたのかもしれない。

「この距離でもわかるだろうか？　直接手に取ったほうがよければ、鍵を開けるが」

「いえ……大丈夫です」

ロフェシアは鉄格子越しに封印の剣を見ながら答える。

「この位置でも、邪神の封印がとけかかっているように感じられます。まだ時間はあるようですが、邪悪な力が漏れているのは間違いありません」

本当だったのですね……そんなふうに、俺に目線で語っているようでもあった。これでロフェシアも、心から信じてくれただろう。

「そうなのか……妾にはわからないな……」

それでも、モナルカはしっかりとうなずいた。

彼女自身は俺と同じで、邪神の気配というものを感じ取ってはいないようだ。

やはり、聖女であるロフェシアが特別なのだろう。

「聖女であるロフェシアが言うのだ。妾は全面的にそなたを信じよう。——となるとあのときの少女は」

モナルカはロフェシアに向けて続ける。最後に小声でなにか聞こえたが、今はこれでいいだろう。

「再封印の儀式について、こちらで準備することはあるか？」

その質問に、ロフェシアがうなずく。

「儀式の際には鍵を開けていただくのと、しっかりと人払いをしていただけると幸いです」

「わかった。手配しよう」

想定よりもあっさりと、再封印の儀式については了承された。

聖女ロフェシアの力ということだろう。

モナルカ自身の悩みが、解決に向かいこととも関連しているのだろうが、決断が早い。

その後は部屋に戻り、モナルカとロフェシアがお茶会を続けた。

聖女の行動は、あくまで余興。そのアリバイ作りでもあるようだ。

俺は後ろに控えて聞くことになったのだが、それからもモナルカが言っていたことから察するに、城内での女帝派と宰相派の対立は、かなり具体的になってきているらしい。

現在はまだモナルカの女帝派が優勢のようだが、争いを望む宰相派はその勢力を伸ばしている。

モナルカとしては、その勢いを止めたいのだ。

聖女として、ロフェシアにはモナルカを指示してほしい。そんな願いが、会話には現れていた。

俺達が物心ついた頃にはもう、帝国は侵略行為を行わず、国内を整えることに注力していた。

モナルカもその路線を引き継ぎ、基本的に内政に目を向け、侵略は行っていない。

しかし元々、帝国は他国を併合して勢力を伸ばしてきた国だ。まだそれほど過去のことではない。

国内が安定している今こそ、新たな土地を求めて進軍するべき、というのが宰相派の主張らしい。

それによって、国内はより潤う。今の安定は停滞だ、ということのようだ。

宰相派は主に、宰相本人を含め侵略の時代を知っている世代と、戦争を知らない若い世代だということだった。

前者は過去の栄光を懐かしむ部分が大きく、後者は若者らしく血気盛んさだという。

対してモナルカ側としては、これ以上を求めて争うのはリスクが大きいという考えだ。

教会の教義も争いは好まないから、聖女としての立場はモナルカに近いと言っていい。

もちろん、教会内部にすでに宰相派が入り込んでいる可能性はある。そこは注意だが、ロフェシア個人としてもモナルカを支持するようだった。

俺だって、戦争は厄介なので避けたいところだ。スキル自体、平和なほうが有利だしな。戦争のような極限状態では、身を守れるスキルではないし、人々の「常識に従おう」という意識も薄くなる。

聖女ロフェシアの約束を得られたことで、モナルカは政治面でも安心したようだった。

あとは邪神の封印儀式を行えば、宰相も正気に戻るかもしれない。それはモナルカの、正直な希望だ。宰相に幼いころから支えられた彼女は、そうなればまた信頼できると考えている。

そうして俺達は準備についても話し合ってから、今日のところは城を辞した。

ロフェシアは儀式の用意を始めることになる。

封印の状況は確認出来た。ロフェシアのお陰で、邪神復活が真実であることも確定だ。

こうなったらアクルにも邪神について、もっと確実に聞いておいたほうがいいだろう。

俺も一旦、自分の家へと戻るのだった。

●

深夜の城内。クルーンは頭の奥から響く声で目を覚ました。

最近、こうして声が聞こえることが多い。

その声が何を喋っているのか、言葉としては理解出来ない。

しかしその声が響くとき、クルーンの心には暴力的な衝動が広がっていく。

もっと強く。もっと黒く。

侵略で土地を得て、力を伸ばし、欲望を満たす。

宰相クルーン自身は、それを邪神の声と認識しているわけではない。

ただ内側から響くその衝動に突き動かされ、突き進んでいくだけだった。

最初は、わずかな影響だった。元々、モナルカにも提言していたことだ。

しかしだんだんと声の影響は強くなり、クルーンをより積極的な行動へと駆り立てていった。

気がつけば動き出さない女帝に逆らうようになり、賛同する者を集め、新たな侵略の準備へと乗り出そうとしている。

時折、ふと冷静になるときがある。モナルカに侵略の必要性を理解してもらい、彼女の命を受けるべきだ、と感じる。

しかし、すぐに内なる声が暴れ出し、クルーンをかき立てた。

もっと欲望を。もっと破壊を。もっと蹂躙を。

邪神の声はクルーンを侵食し、力と財産への欲動を加速させる。

彼はひっそりと、封印の剣の元へと向かった。

ふらふらとおぼつかない足取りで、地下室を目指していく。

祭壇に安置されている剣。ここに来るのは、もう何度目だろうか。

そこからは見えるはずのない、何か邪悪な靄《もや》のようなものが流れ込んでくる。

聖女たちは、この剣に何かしようとしている。伝説にある邪神と、なにか関係があるのだろうか？

そこでクルーンの意識は途切れ、もっと強い意思が思考を支配する。

邪神の力に触れているクルーンは、聖女達を妨害しなければ、と思った。

しかし、聖女の行いのために、モナルカが人払いをすることはすでに聞いている。

衛兵や近衛騎士たちにも共有され、数日の間は地下に近づかないようにとお達しが出ているのだ。

本来なら重臣はここに入れるが、当然、宰相であるクルーンもその中に含まれてしまった。

もう時間がない。心のなかまで邪神が入り込み始めたクルーンは、そう感じる。

勤勉だった宰相は、決してモナルカを廃して自身が力を得ようと思ったことはない。

だが、今のクルーンはそれも見失っていた。

邪神の毒気に浸食され、内に秘める邪悪な部分が肥大した結果、帝王に仕えるという誇りさえも塗りつぶされてしまっている。クルーンはモナルカに対して害意があったわけではないが、庶民から見れば決して善人ではないのだろう。

そもそも侵略とは、他国を虐げ、自分たちだけが潤うための一方的な行為に他ならない。

どれだけ言い訳を並べようと、その心は邪神と相性がよく、つけ込ませる大きな隙となった。

悪の心が拡大し、クルーンの暴力性を助長していく。

今の彼は、衝動の方向性を見失っていた。ただただ、破壊を目指して突き進む。

邪神自身に危機が迫ったことで、その体の制御をより求め、クルーンをゆがめていく。

強い邪念がクルーンを包み込み、邪神の有利になるよう、彼を作り替えていく。

急速に邪神は、クルーンへの支配を深めていった。

それによって、本来彼にあった知性も失われていく。

直接的で暴力的な衝動。邪神に利する信奉者としての振るまいが拡大し、彼を支配していく。

剣を再封印させるわけにはいかない。はっきりと、そう認識してしまった。

すでに聖女たちは準備を始め、近々再封印が行われる。

儀式にを止めるには、直接そのときに聖女たちを排除するしかない。

邪神に支配されたクルーンは小さく呻き、その目を邪悪にギラつかせたのだった。

●

再封印の儀式に向けて準備を行ったロフェシア。

アクルにも確認したが、女神自身はその力を使わないとのことだった。あくまでも、聖女が失敗したときにだけ助力するという。

俺には分からないし、アクルもはっきりとは言わないが、それは人間にこの世界を任せて去って行った神々の意思でもあるようだった。問題は、自分の力で解決すべきだと。

打ち合わせのために何度か接触できたので、俺は、モナルカの中のアクルへの認識もいじっておいた。アクルも儀式に付き添うが、今日はもう、モナルカはアクルのことを思い出さないだろう。

モナルカが邪神の話を信じ、ロフェシアにも信頼を寄せる今となっては、アクルが女神として働くならそんな必要も無かった。だが、そうするつもりがないなら、今はアクルを女神だと信じさせるのはもう後回しだ。

彼女自身には邪神を再封印する力はないという。こうなると、それも本当なのかは怪しい。もしそなら、ロフェシアが失敗しても出来ることはないのではないか。

それでも女神であり、今の時代においては、最も邪神に詳しい人物である。この場に居てもらうことは必要だろう。

モナルカとアクルと俺、そして聖女であるロフェシアの四人で、封印の剣の元へと向かう。

事前の話通り人払いされており、祭壇のある部屋だけではなく、地下には誰も入らないように言ってあるということだった。鉄格子の鍵が開き、ロフェシアが封印の剣へと近づく。

「すごい邪気ね……本当に危ないところだったみたい」

アクルは封印の剣を見るなりそう言った。

「先日以上に、黒いオーラがあふれていますね」

ロフェシアもそう言うと、真剣な目で剣を見る。

「妾は、少し下がっていよう」

モナルカは儀式の邪魔にならないよう、鉄格子から離れた。俺もそれに習って後ろへと下がる。

モナルカは一瞬、俺に怪訝な目を向けたが、すぐにそれをひっこめた。

その意味を考えたが、すぐに思い当たる。

モナルカからすれば、俺はただの聖女様の付き人だ。

ロフェシアの希望でここまでついてくるくらいだし、儀式のサポートをすると考えていたから、下がったことを不審に思ったのだろう。

実際には俺は、儀式の内容もよくわからないのだが。アクルの説明で、ロフェシアのには十分にわかったようだから任せている。

アクルが側にいることで、その女神の存在自体が儀式の手助けにはなるらしい。

俺はモナルカとともに、儀式を見守ることにした。

「ん……？」

しかし、不穏な気配を感じ、廊下のほうへと目を向ける。

「――モナルカ様、人払いはされていたのですよね？」

「ああ。言われたとおりに……ん？」

答えている途中でモナルカも気配に気付き、入口のほうへと目を向ける。

まだ扉は開いていないが、人払いがされているはずの廊下側に数名の気配がある。

「何者だ。ここは立ち入り禁止だと――」

扉の向こうにモナルカが声をかけている最中、勢いよく開かれる。

「なっ――！」

そこに居たのは、武装した男たちだ。

彼らは武器を構え、儀式をしているロフェシアたちへと向かおうとした。

俺は即座に【常識改変】を行う。咄嗟には効きづらいスキルだったが、今日に備えてさらに、アクルとの訓練を重ねてきた。女神の指導もあって俺のスキルは更に成長し、意識を改変する能力に近くなっていた。それによって、戦闘でもかなり仕えるようになっている。

男たちへのスキル効果は、まずは足止めだ。【武装は重く、まともに動けるはずもない】と思い込ませる。重装備だった彼らはその認識を強めて、歩けなくなった。

襲ってきた彼らは途端に身体の動きを鈍くし、ロフェシア達どころか、ドアの近くに居た俺達にさえも襲いかかれなくなる。

それでも、足を引きずるようにしながら前に進もうという意思はあるようだ。

「一体誰が——とは、問うまでもないな」

モナルカは襲おうとしてきた兵たちを見て言った。

「宰相の手の者だろう。こうも直接的な行動に出るとは彼らしくないな……」

邪神の再封印が、よほど困るのだろう。話す俺達の向こうで、ロフェシアは儀式を続ける。

アクルは襲撃者が来たことで、注意をこちらへと向けていた。

元よりアクルは、儀式の手順には介入しないから自由に動ける。

大幅な弱体化をしつつも、まだ任務を果たそうとしている兵たちを、俺は縛り上げていった。

俺がそちらへと取り組んでいる最中、ひとりの男が部屋へと踏み込んで来る。

「クルーン……か。やはりな」

モナルカがそう声をかけた。

先日、城の廊下で出会った宰相だった。しかし……。

今日の彼は生気に乏しく、とても弱々しい。それなのに、目だけが爛々《らんらん》と輝いている。

まともな状態じゃないのが一目でわかった。

そんな宰相の目は、モナルカではなくロフェシアへと向く。

今や儀式も進み、ロフェシアの身体からは神々しいオーラが出て、それが封印の剣へと注がれているようだった。こう言ってはなんだが、アクルよりもよほど女神のような雰囲気だ。

それを見たクルーンが動き出す。

「行かせないわよ」

ロフェシアをかばうように、アクルが移動した。

それでもクルーンの目は、アクルの向こうにいるロフェシアだけを見ているようだ。

俺は手元で暴れだした兵たちを固定しながら、そちらへも注意を払う。

宰相は焦りか、あるいは状況を判断する理性も残っていないのか、強引につっこもうとする。

しかし、それを止めるようにアクルの手からは光弾が放たれた。

宰相はそれを受けてよろめくものの、それでも強引に突破を試みる。体から黒いオーラが噴き出し、その突進は一見してヤバイ危険性を孕んでいた。

しかし次にアクルは光りのロープを操り、それで宰相を拘束していく。黒いオーラさえも押さえ込み、アクルは宰相を止めることに成功した。

光を操る魔法……のように見える。そんなスキルは聞いたこともないが。

女神であるアクルはスキルを持たないらしいが、魔法を使い分けることが出来るという。

俺は今日初めて、アクルのことを女神っぽいと思った。

しかし宰相は拘束されても、封印の剣へと目を向けている。まだ屈服していない。

そして拘束されながらも、その手を封印の剣へと向けて、ゆっくり伸ばす。

どうにか触れようとしているが、拘束されている位置からは距離があり、手を伸ばしたところで身体二つ分くらい届かない。這ってでも進もうとするクルーンを、アクルはよりしっかりと拘束し、前へと進ませないようにした。

ロフェシアが儀式を進め、封印の剣を光が包み込んでいく。

「ぐおぉぉぉぉ！」

クルーンの口から咆哮があふれると、封印の剣が反応する。

中からは澱《よど》んだオーラが漏れ出し、それがクルーンのほうへと向かった。

反対にクルーンからも黒いオーラが流れ出し、それが間の空間で合わさっていく。

そうして黒いオーラが不思議なかたちをとる。

上半身は人のようでいて、頭に角を生やした状態。

下半身はオーラが足りないのか、胴体の部分から先細りになっている。

それはオーラの元であろう、邪神の姿なのだろうか。

黒一色であるため表情などはなく、おそらく邪神そのものというより、漏れ出したオーラが使い魔のようになっているのだろう。

そのオーラが敵意を持って動き出す。

「ロフェシア」

「あと少しで封印がっ……！」

彼女はそう言って、白い光で封印の剣を包み込む。

邪神のオーラは剣からの供給を失い、そちらとの繋がりが断たれたようだ。

それでも黒いオーラは動き、襲いかかる。

人質に取ろうとしたのか、オーラはモナルカへと向かった。

「くっ――――！」

戦闘経験がないだろうモナルカは、突然の攻撃に身がすくんで動けないようだった。

俺は恐怖でフリーズしたモナルカに【常識改変】を使い、彼女を動かし、攻撃を避けさせる。

「あっ、えっ……？　お、おのれ！」

まだ状況をつかめていないモナルカだが、反射的に回避した。そして黒きオーラに毅然と向かい合う。【帝国の王として、邪神に対しては恐怖を抱かない】。それを常識として、そして帝王の信念として信じ込んだ彼女は、ひとまず大丈夫だろう。

しかし邪神のオーラは俺にとって、相性の悪い相手だ。なにせ人ではなく、理性どころか意識さえも怪しい存在だ。頼りのスキルである【常識改変】が通じそうにない。

「アクル！」

「いくわよ。えいっ！」

アクルがまばゆい光線を放ち、邪神のオーラを攻撃する。

女神としての攻撃魔法を持つアクルならば、意識のない相手でも問題ない。

やはり、自分は邪神には何も出来ないというアクルの話は、真実ではなさそうだな。

攻撃を受けた漆黒のオーラは揺らぎ、しっかりとダメージが入っているようだった。

「このっ、このっ！　えいっ！」

アクルは次々と攻撃を放ち、他にも様々な魔法で邪神を攻撃していく。本来なら格好いいシーンなのだろうが、その見た目に緊張感は少なく、可愛らしくもあるのは悩ましい。

それでも邪神のオーラは女神アクルの魔法を受け続け、押されている。

アクルが圧倒しており、ロフェシアも儀式を順調に進めている。

剣を包む光のオーラはより輝きを増し、再封印も佳境のようだ。

「とどめっ！」

アクルは光の矢を、頭部と思われる位置へと放った。

輝く矢が邪神のオーラを打ち抜くと、その黒い身体が収縮していく。

刺さった光の矢に吸い込まれるようにして、黒いオーラは端から消えていった。

やがて邪神のオーラは完全に消え去り、封印の剣も一層まばゆく輝いた。

「……終わったわね」

アクルが呟き、ロフェシアが封印の剣から離れる。

どうやら、再封印のほうも無事に完了したようだ。

心なしか、地下室の空気もよくなった気がする。

「はい。これで大丈夫です。邪神の気配も、感じなくなりました」

ロフェシアも使命を果たした満足感に浸っているようだ。

「それにしても、一部とはいえ、無理矢理に封印から出てくるなんてね」

「はい。人の心につけ込んで、少しずつ自分の一部をそちらに移していたのでしょう」

アクルの魔法に捕らえられている宰相も、今ではすっかりと抵抗をやめている。

どうやら気を失っているようだが、必死に封印の剣へと手を伸ばしていたときに比べて、その表情は穏やかだった。

「クルーンがおかしかったのは、すべて邪神の影響だったのだな……よかった」

モナルカは部屋の端からこちらへと近づきながら言った。

「はい、おそらくは。本人にも聞いてみないと、実際のところはわかりませんが」

「ああ。だが、そうか……そうだったか」

モナルカは安心したようにうなずいた。

「アクル、これで問題は全部解決か？」

俺が尋ねると、彼女は力強くうなずいた。

「そうね。おかげで邪神は深く封印されて、もう安心よ」

アクルはそう言って胸を張った。モナルカがその様子を不思議そうに見ている。あとでちゃんと、彼女にもアクルのことを認識させておかないとな。

「それはよかった」

世界の危機が去ったと聞き、俺もやっと一息ついた。

「それじゃ、無事に封印も出来たし、帰りましょうか」

「あ、ああ……」

アクルの使命でもあっただろうに、やけに軽いな。まあ、それもアクルらしいが。

封印の剣は再び祭壇に安置され、鉄格子にも鍵をかけ、俺達は地下室を出た。

襲いかかってきた兵たちは、上へ戻ってから衛兵に連れていってもらおう。

宰相だけはモナルカの意向で、俺が運んで一階まで戻ることになった。


「封印のこと、そして結果として城内の問題も解決してくれたこと、心から感謝する」

重臣達が集まった謁見の間で俺達は、王座に腰掛けたモナルカからそう言われた。

臣下たちもまだ詳細は理解していないが、ここに居るのはモナルカが心許す側近達だ。彼女の態度から、俺たちがなにかを成し遂げたことは理解してくれていると思う。

「褒美をとらせよう。用意は後日になるだろうが、好きなものを言うといい」

「いいえ、私は聖女としての役目を果たしただけですので」

ロフェシアはそう言って頭を下げた。

「む……そう遠慮するでない。といっても、城と教会とのこともあるか……では」

モナルカは少し考えるようにしてから言った。

「それならば、教会への寄付をすることにしよう」

そう言って、モナルカは次ぎにアクルへと目を移す。

俺は地下からの帰り道を利用して、モナルカがアクルを思い出さない改変を修正していた。

つまり、唐突に現れた変な少女として、しっかりと思い出されている。

「そなたのことは……なんとすれば良い？　聖女に協力したことは認めようう。望みはあるか？」

それでも、自分が女神だという発言は、まだ信用されていないようだ。あくまで聖女様への協力者として認識されている。

「わたしは、邪神の再封印をするためにやってきたわけだしね。思ったよりも時間かかっちゃったけど、そのおかげでクラートルと楽しく過ごせたし、改めてのお礼ってのは別にいらないかな」

欲なくそう言ったアクルは、なんだか本当に女神みたいだった。

いや、本当なのだろうが。俺自身は、もうそうだと信じている。

「そうか……」

モナルカは微妙な表情になる。

実際に再封印をしたのは聖女のロフェシアだし、モナルカとしては女神だとは思えていない。

それでも聖女よりも先に現れ、邪神の復活を予言していたのも事実なのだ。

予言者としてなら認めてもよいのだろうが、どんな態度をとるかは決めかねている様子だった。

「何か望みを思いついたら言ってくれ。では――」

そう言って、モナルカの目が俺へと向かう。実際のところ、アクルよりも俺のほうが、モナルカからすれば謎の存在だろう。ただの付き人かと思えば、聖女であるロフェシアも俺に敬意をはらって、今回の封印劇の立役者のように振る舞っているのだから。

だからスキルを使って、アクルへの記憶と同時に、俺がこの件に関わっていることには疑問を抱かないようにしておいた。まさか、褒美までもらえるとは思わなかったがな。

「そうだな」

俺は少し考えてみる。

金はスキルでいくらでも稼げるし、地位にはあまり興味がない。

俺はそこで、モナルカへと目を向ける。スタイルのいい、絶世の美女だ。ひと目見たときから、ずっとそう思っていた。

強気そうな目元に、すっと通った目鼻立ち。生まれながらに派手なタイプの美人。

露出こそ多くはないものの、服の上からでもわかる身体のライン。

全体的には細く、それでいてたわわな胸は存在を主張している。

そんな彼女を前にして抱《いだ》く欲望など、わかりきっている。

この国一番の高貴な美女だ。本来ならば手の届かない高嶺の花。

となれば、望むことなど一つしかない。彼女を抱く機会など、ここを逃せばないだろう。

「それなら、俺の相手をしてもらおうかな」

「相手を……？」

何を言っているのかわからない、という様子でモナルカが疑問を口にする。

とぼけているというよりも、いくら何でも褒美として女帝を抱かせろと言うなど、考えられないのだろう。普通はそうだ。しかし、実はこの部屋に入る前から、俺は準備を進めていた。

「ああ。モナルカに、女として相手をしてもらいたいんだ」

「なっ――――！」

より直接的な発言に、モナルカは驚きの表情を浮かべる。

「貴様っ、そ、それはその、つまり……」

「モナルカは美人だしな」

「こ、この痴れ者っ！　い、いくらなんでも、妾を、その、抱っ、正気か!?」

混乱している様子も可愛いらしい。しかしその心の内では、俺のスキルが効果を発揮し始めているだろう。そうだ。アクルや俺のことへの認識を弄ったときからもう、俺のスキルへの抵抗力は下がっているのだ。そして俺がそうだと言えば、それは彼女の中での常識になる。

そしてそれは、周りに居る家臣達もだ。俺のスキルはすでに、全員に向けて発揮されていた。

だからこそ、女帝に対するこんな口の利き方でも問題が起こっていない。その事実が俺の自信を深めている。これなら上手くいくな。

若くして女帝になった彼女は、その地位にふさわしくあろうと頑張っていたのだろうが、その反面、異性に関してはわりと初心《うぶ》なようだな。

「ここじゃなんだし、場所を移そうか」

「いや、待て。さすがにそれは処罰されてもおかしくない要求だぞ。聞かなかったことにしてやるから、もっと常識的な――いや、え……そのはずだが……」

俺はそこで再び、【常識改変】を行った。

「場所を移そう、モナルカ。【救国の功労者には、王家の女がその純潔を捧げて報いる】のは、古くからの帝国の習わしだろう？」

自身から提案しておいて、望みの褒美を受け入れないなんて、女帝としての威厳に関わる……そんな常識も彼女に植え付ける。

見回せば家臣達やロフェシアまでが、うんうんと頷いていた。

アクルに到っては、俺とセックスするのは女神の義務とまで思い始めているから、女帝へのこの望みも、まったく不思議に思っていない。

モナルカはぐっと言葉を飲み込み、ためらいを見せながらも、うなずいた。

「どうしてもそれがいいのか？　妾のほうが、地位や金銭よりも望みだと？」

まだ何か言いたげなモナルカだったが、もちろん変えるつもりなどない。

「ああ。ひとりの女として抱かせろ、モナルカ」

あえて強気に言うと、彼女は少し後じさりながらも受け入れた。

「わ、わかった。そうだな……自分から褒美を選ばせておいて、断るわけにはいかないな。英雄に体で報いるのは、女帝としての務めだし……な」

「ではふたりとも、先に帰っていてくれ」

アクルとロフェシアにそう声をかける。

「ぐっ……」

モナルカは小さく呻きながらも、俺に従う。悔しいというよりも、羞恥が大きいようだ。

モナルカ様は思ったとおり、まだ純潔なのだろう。

美しい女帝だが、他国や貴族との縁談の噂話すらも聞いたことがない。

「では、早く抱くがよい」

彼女は気を強く持つためか、自ら俺を引っ張るようにして自室へと移動した。

「なんという願いをするのだ、お前は」

ふたりきりの部屋。モナルカはそう言うと、俺をにらむようにした。

気の強そうな美人だけに、そういう表情も似合っている。部屋には大きなベッドがあり、ここが女帝の寝室であることが分かる。よしよし、ちゃんと抱かれるつもりのようだな。

「モナルカは魅力的だからな。これ以上の褒美もないだろう」

そう言うと、彼女は少し顔を赤くした。

「そ、そんなことをっ！」

彼女は顔を背け、そのまま後ろを向く。俺はそんなモナルカを後ろから抱き締めた。

「ひゃうっ！」

抱きつかれた彼女は妙な声をあげ、身を固くした。おそらくこんな声を聞いたのは、帝国内でも俺が初めてだろうな。俺は緊張するモナルカを抱き締めながら、首筋に顔を埋める。

「んんっ……」

髪が顔をくすぐり、色っぽいうなじがあらわになる。

「く、くすぐったい、んぁ」

軽く息を吹きかけると、彼女がぴくんっと可愛い反応をする。

俺はそのまま、手を彼女の胸へと動かしていった。服越しに、柔らかな感触が伝わる。

「あっ、やっ……」

彼女は小さく身じろぎをしたが、俺の腕から抜け出すことはなかった。

そのまま、ぐにぐにと女帝の巨乳を欲望のまま揉んでいく。なんという不敬だろうか。しかし、俺へのご褒美なのだから遠慮はいらないだろう。

「んぁ……はぁ……」

柔らかなおっぱいの感触を堪能していると、モナルカの口から艶めかしい吐息が漏れる。

この国の頂点である女帝といえども、女なのだ。

服をはだけさせ、下着の内側へと手を滑り込ませる。庶民が触れることなど叶わない、女帝の生おっぱいだ。もにゅっと柔らかな感触が伝わり、興奮が膨らんでいく。

その昂ぶりは、肉竿へも伝わった。

「あっ……」

モナルカが何かに気付いたようにして、ゆるゆるとお尻を動かした。

彼女はお尻に当たるモノから身体を離そうとしたのかもしれないが、後ろから抱き締められている今、それは叶わない。むしろその怒張をハリのあるお尻で擦り上げてしまう。

「やっ……硬いのが当たって……クラートル、んっ……これはいったい？　まさかこれが……」

モナルカはお尻に当てられている硬さに恥じらうように、身をよじらせる。

絶対的な存在であるはずの女帝が、そうして可愛らしく戸惑う姿はとてもそそる。

「わ、妾を抱き締めて、んっ、胸に触れて、興奮しているのか？　あっ……」

「ああそうだ。モナルカのおっぱいは柔らかくて気持ちいいし、こうして身を寄せているとムラムラしてくる。わかるか？　これが男根だよ。これが女の中に入るのさ」

「あぅっ……は、はしたないことを、言うなぁ……」

王家の女がどの程度の性教育を受けているかはわからない。だが、男に抱かれることの意味は知っているのだ。問題ないだろう。

彼女は弱々しく、俺の手に自らの手を重ねた。けれどそこまでで、胸から引き剥がそうとはせずに、受け入れている。俺はその大きなおっぱいを揉みながら、彼女の首筋に舌を伸ばした。

「ひゃんっ！」

また悲鳴のような声を出し、びくんっと身体を反応させた。

「あっ、や、くすぐったい、そんなところ、んっ……」

赤い髪に顔をくすぐられながら、舌先で首筋を刺激する。その最中も両手は巨乳を揉んでいた。

「んんっ……なんだか、変な気分に、あぁ……」

胸への直接的な愛撫と、首筋へのくすぐったい責め。どれも人生初の経験だろう。

その両方を同時に受けて、彼女は戸惑いと快感を覚えているようだった。

「あ、んん……」

声を漏らすモナルカを後ろから抱え込むようにしながら、柔らかな双丘を楽しんでいく。

日頃は人を傅《かしづ》かせる女帝が俺の手に身を任せているのは、優越感をもたらす。

「んんっ……はぁ……」

女帝であっても、男に胸を揉まれ、首筋に愛撫を受ければ感じていく。

それがとても艶めかしく感じられた。

俺は胸に触れていた手を、ゆるゆると下へ滑らせていった。

みぞおちからお腹、そしてさらに下へ。そして服の上から、彼女の股間へと触れる。

「あっ、くっ……」

その場所はやはり恥ずかしいのか、彼女は逃げるように身体を動かした。

しかし、ここまできてやめることはできない。

俺は服越しにアソコを数度撫でると、彼女の服へと手をかけた。

「あぁっ……クラートル、そこは……」

やはりというか、胸以上に抵抗があるようで、彼女が呼びかけてくる。

「ここがモナルカの、女の部分だろ？」

そう言いながら、下着までずらしてしまう。

後ろから抱き締めている格好なので、まだ大事な部分は見えない。

けれど手を滑り込ませ、その割れ目に触れた。

「ああっ……」

小さな悲鳴とも、感じているともとれるような声が、モナルカの口から漏れる。

俺はそこを、まずは優しく指先で往復していく。

「んんっ、はぁ……」

恥じらいを見せながらも、それを受け入れるモナルカ。

丁寧に割れ目をいじっていくと、愛液が垂れてくる。

「んぅっ、あぁ……♥」

自身でもそれを感じ取っているのか、彼女は羞恥と興奮の混じったような声を漏らした。

俺はもう少し彼女のおまんこを指先でいじり、しっかりと濡らしていく。

「あぅっ、ん……はぁ、ああっ……」

濡れ始めてからは早く、彼女のそこからはどんどんと蜜があふれてきた。

「モナルカのここ、すっかり濡れてるな」

「んぁ……はぁ、ん、うぅ……♥」

身体は正直で否定できない彼女は、恥ずかしそうにしながら吐息だけで答えた。

そんなモナルカの健気さにいたずら心をくすぐられ、さらに言葉で責めてしまう。

「褒美だから仕方なく、って雰囲気を出しておきながら、しっかり感じてるんだな」

「うっ……クラートルがいやらしく触るから、ん、はぁ……♥」

彼女はそう言って、まだ態度を崩さないようだった。このまま、彼女が認めるまで手でするのも
悪くなさそうだったが、それ以上に欲望がくすぐられる。

「モナルカ、壁に手をついて、お尻を突き出してくれ」

「そ、そんな格好を妾に……！」

「最後までさせてくれるんだろ？」

「うぅっ……」

モナルカは恥ずかしさに抵抗を見せながらも、俺が擦り込んだ常識によって、要求に応えないのは帝国の威信に関わると信じ、大人しく従ってくれた。

丸いお尻がこちらへと向けられ、愛液を垂らしているおまんこが差し出される。

俺は猛る肉棒を取り出すと、そのまま彼女へと近づき、まずは肉竿で彼女の割れ目を擦る。

「んぁっ……熱いのが、こすれて、んんっ……」

愛液が剛直を濡らしていく。

彼女のアソコからしたたる蜜で十分に濡らすと、角度を変えて未通の膣口に亀頭をあてがう。

「あっ……んっ……」

俺の先端を感じ取って、モナルカが声をだした。

「いくぞ」

そう言って、俺は腰を押し進めた。

「ん、あぁっ……！」

割れ目を押し広げ、肉竿が侵入していく。

すぐに処女膜の抵抗を受けるが、そのままぐっと押し込んでいった。

膜が裂け、高貴な女帝の膣内へと肉棒が迎え入れられる。

「んくぅぅぅっ！」

異物の侵入にモナルカが声をあげた。女帝の処女穴は、肉棒をキツく締めつけてくる。熱く濡れた膣襞が肉竿をきゅっきゅと刺激した。

「あぁ……うぅっ……中が、ん、はぁっ……！」

肉棒に膣内を押し広げられ、モナルカが荒く呼吸をする。

肉竿を奥まで入れて一度止まる。この国最高の処女まんこを奪った事実を、じっくりと味わった。

モナルカの身体に力が入ると、膣内はさらにぎゅうっと肉棒を締めつけた。

「あふ、ん、太いのが、妾の中にあって、んぁっ……！」

初めての異物を受け入れている彼女は、壁に手をついて身体を支えながら荒い息を吐いた。

俺は彼女が落ち着くのを待って、腰を動かし始める。

「あっ、ん、動いて、あぁ……！」

ゆっくりと腰を前後させて、膣襞を擦り上げていく。

モナルカはそれを受け入れ、膣内をうねらせる。

「あふっ、ん、なんか、これっ、妾、あっ、んんっ……」

挿れられた当初は受け入れるのに必死だったが、少しずつなじんできたようだ。

「早く、ん、イってしまえ……妾の中をそんなに、ん、あふっ……」

モナルカは強気そうな言葉を放つが、その声はどこか甘やかだ。

膣内を往復されて、彼女も感じてきているようだった。

「んん……はぁ、あぁ……」

壁に手を突いたモナルカの細い腰をつかみ、抽送を行っていく。

「あぅっ……ん、くぅっ……」

「可愛い声が漏れてるな」

そう言うと膣内がまた、きゅっと反応した。

「セックスで気持ちよくなっているんだろ？」

「そんな、ん、あぁ……♥」

もう優位に立とうとする余裕もないのか、彼女の否定は喘ぎに飲まれていく。

強気な女帝が快楽に堕ちていく姿はオスの本能を刺激する。

俺はより大胆に、腰を振っていった。

「ああっ！　ん、ぁ、うぅっ……♥」

そのお尻に腰を打ち付ける。膣襞を擦り上げ、往復していった。

熱く濡れた蜜壺が、肉棒をしごき上げて快感を送り込んでくる。

高貴な女帝のおまんこであり、淫らなメスの身体でもある。その膣内を肉竿で犯していく。

「ああっ、妾、ん、あっ♥　こんな、んぅっ……！」

喘ぎながら、身体を揺らすモナルカ。細い腰をつかみ、ピストンを続けていく。

「あふっ、ん、そんなに、激しくするなぁ♥　妾の、んぁ、アソコが、あっ♥　はぁ、あぁっ！」

嬌声をあげて感じていく彼女を感じながら、腰を打ち付ける。

女帝の処女まんこを往復し、その高貴な膣襞にしごき上げられ、俺はもう限界だ。

本来なら、姿を見ることすら難しい女帝。俺は今、最高の美女を自分のものにしている。

そのおまんこにチンポをつっこみ、中出しを決めようというのだ。

高貴なメスを犯す状況に、オスとしての高揚を覚え、女帝まんこを存分に味わい尽くしていく。

「モナルカ、出すぞ！」

「ひぅっ、あっ、中は、ん、はぁっ♥ 妾の、んぁ、中に出すなんて、あうぅぅっ！」

「射精までがセックスだ。ほら、いくぞ！」

「ひぅっ、だめぇ♥ 孕んじゃうっ、あっ♥ 褒美のセックスで、クラートルに種付けされちゃうっ♥ ああっ！」

モナルカとしても、庶民の子種を中出しされるなど、これまで思いもしなかったことだろう。

しかし膣内は目先の快楽を求め、チンポをしっかりと咥え込んでいる。

膣襞がうねり、肉棒を締め付ける。

「うっ、ああっ！」

びゅるるるっ、びゅくっ、びゅくんっ！

俺はぐっと腰を突き出すと、彼女の中に射精した。

「んはぁぁぁぁあっ♥」

中出しを受けて、モナルカが大きく身体を震わせる。

メスの本能で、子種を搾り取ろうと蠕動した。

膣内がチンポを咥え込み、精液を飲み込んでいく。

「ああっ……♥　出てるぅっ……妾の中に、んぁ、クラートルの熱い子種汁……んぁ、いっぱい、ドクドク、注がれてるぅっ……♥」

「ああ……気持ちいいぞ、モナルカ」

快感で口調まで可愛らしくなっている女帝の処女穴に、精液を注ぎ込んでいく。

快楽を求める膣内は、喜ぶように射精チンポを締めつけて搾り上げていった。

俺はその気持ちよさに任せて、モナルカの中に出し切った。

「あんっ♥」

そして肉棒を引き抜くと、力の抜けた彼女がそのまま崩れ落ちそうになる。

俺は後ろから抱き締めるようにモナルカを支えた。

「んはぁ……♥　ああ、しゅごい、これ……んぅっ……♥」

彼女はうっとりとそうつぶやき、俺に身体を預けている。

俺はそんなモナルカを、しばらく抱き締めていたのだった。

第五章　三大美女とのハーレムライフ

鏡を見る。

通いの使用人によって磨き上げられた鏡に、こちらを見つめる男の顔が映る。

その目をじっと覗き込む。本気でスキルを使うときのように。

退屈は紛れたか？　男は小さく笑みを浮かべた。

邪神の件にかたがつき、世界の危機は去った。

国を揺るがしかねない大事件だったわりに、それを知る人間は少ない。

城内の人間と、あとは俺達だけだ。

ほとんどの人は、何も知らないまま危機に瀕し、そして何も知らないまま危機は去っていった。

自身が崖の淵にいることすら気付かずに、全てが終わったのだ。

事件が未然に防がれた時というのは、得てしてそういうものだろう。

今回の件だって、もしも最初にアクルと出会ったモナルカがすぐに信じていれば、俺ですら気付くことはなかった。もっと言えば、アクルが自身の力で再封印出来れば、誰も知らぬままこの世界は回っていた。

もちろん、そんなことはなかったのだが。

もしもがあったとすれば、俺達が失敗して邪神の封印が解けてしまうケースくらいだ。

俺は鏡から視線を切って、廊下を歩く。

それなりに高級なエリアにある、広い家。

スキルが覚醒する前までは、安居酒屋のチープな見世物でしかなかった俺が手に入れた資産。

この世界はスキルの恩寵で成り立っている。

スキルが優れていれば、いい暮らしを。そうでなければ踏みつけられる。

虐げられてきた側からすれば気分のいいものではないが、誰もが割り切っていることだ。

スキルに恵まれていてもいなくても、人間はスキルの奴隷だ。

スキルの覚醒によって途端に金を得られるようになり、その恩恵を最初こそ楽しんでいたが、それは結局、置かれた位置が変わっただけだった。

無論、かつてと比べれば、いい暮らしなのは間違いない。

しかし退屈でもあった。

スキルさえ良ければ、当たり前に全てが恵まれるこの社会。

ただただ、与えらたものに従って生きているだけ。

そんな俺の元にやってきた変化が、アクルだ。

彼女が来て、邪神などという妙な話を聞かされて……。

その復活阻止に向けて彼女と動くのは、正直に言って楽しかった。

様々なものをもたらしてくれた【常識改変】を持ってもしても、本来ならば縁も無かった美女たちとの交わりが生まれた。スキルの支配の、その外側にあるものに気が付いた。

自由な世界に触れ、彼女たちと出会い、これまでとは違う人生を得たと思う。

その日々は楽しく、それがとりあえずは終わってしまったのは、少し寂しくもあった。

もちろん、邪神が復活してしまえばそんなことを考える余裕もなくなってしまうのだろうし、再封印の成功は喜ばしい。

それに平和が戻っても、その最中にあった出会いが消えるわけではないのだから。

●

俺は女帝モナルカから呼び出され、再び城を訪れていた。

もう一生入ることなどなかっただろう場所に、またこうしてやって来ることになるとはな。

せっかくの機会だから、と女帝であるモナルカを好き放題してしまったのだから、そう考えると改めて呼びだしを受けるのは当然という気もする。

あれはモナルカ側が与えた褒美なので、いきなり怒られることはないだろうし、いざとなったら【常識改変】で切り抜けるだけだが、本当に非がないかと言われるとまあ、うん。

そんなことを考えつつ、迎えとしてよこされた馬車に乗って城へ入ると、俺を迎えてくれたのは騎士などではなく、執事のような男性だった。

武装されていないことに一安心、か？　実際のところ、城内に迎え入れるのだから人などいくらでもいるし、関係ないと言えばなさそうだが。

「お待ちしておりました、クラートル様」

彼は俺をどこかへと案内していく。前に通された謁見の間ではなく、もっと奥だった。

幸い、下ではなく上の階に上がっていったので……いきなり地下牢とかではないだろう。

城には他に、どういう部屋があるんだ？

あいにく、城のような建物には縁がなく、上層部が何に使われているのかはわからなかった。

そうこうしている内に、執事がドアの前で立ち止まる。

入り口に居たメイドに何かを話すと、彼女が室内に入り、そして戻ってきた。

「クラートル様、こちらへ」

「ああ……」

俺はうながされるまま、部屋に入る。執事とメイドはそのまま部屋の前で待機するようで、俺はひとりで室内に足を踏み入れたのだった。

「クラートル」

室内は落ち着いた雰囲気で、必要な調度が並んでもなお広々としていた。

俺を迎え入れたのは、女帝であるモナルカだ。

通常であれば、帝王は声を出さずとも使用人が側に控えているモノだ。庶民と会話を交わすなんてことは、前回が特別だっただけ。しかし、見たところ本当にモナルカひとりのようだ。

それにこの部屋は……。彼女を抱いた部屋も大概だったが、この部屋もかなり豪華だ。

女帝ともなれば、いくつもの私室が城内にあるのだろうか。

それよりも、今日の俺は何も企んではいないが、女帝がひとりで庶民に会うなど大丈夫なのだろうかと余計な心配をしてしまう。

「これは一体……」

俺は室内を見回しながら尋ねる。どうやら隠れている衛兵もいないらしい。本当にふたりきりか。

「なぜ呼ばれたのかわからない、という顔をしているな」

「ああ……」

俺はうなずいて、モナルカに視線を戻す。

彼女は優雅に椅子に腰掛けており、やはり美しい。

そして前回と違い、今日はラフな格好をしていた。部屋着なのだろうか。ネグリジェのような格好で、ワンピース型の衣服はところどころ透けており、とてもエロい。

また、短いスカートであり、腿や膝は透けるどころか露出している。

「なに、そう身構えるでない」

そう言ってモナルカは笑みを浮かべた。しかしその笑みはどこか獲物を狙うような鋭さを感じる。

あるいは、彼女自身が元々派手なタイプの美人だから、そう感じるだけなのかもしれないが……。

「妾も立場が立場なのでな。そう何もかも素早く動ける訳ではないのだが――」

「ああ、それはそうだろうが」

なにせ彼女は女帝。この国の、いや、この大陸のトップと言っていい権力者だ。

彼女の意見は常に尊重されるが、しがらみも多いから、その行使には時間がかかるのだろう。

もちろん、いざというときは鶴の一声で通すことも出来るのだろうがな。

「そなたにとっても、悪い話ではないはずだ。いや、どうだろうな……？」

「いきなり、不安になることを言わないでくれ」

ただでさえ、女帝直々の呼び出し、しかもふたりきりという特異な状況なのだ。

「ああ、一般的には間違いなく良い話だが、クラートルは割と型破りというか、自由な印象が強くてな」

まあ、その通りだな。俺には、貴族的な行儀の良さはない……と思ったところで、なんとなく話の方向がわかった。

俺はスキルによって金こそ得たものの、一庶民だ。

しかし今は、国難を解決し、その能力を女帝に示した男でもある。

俺自身が戦闘で活躍したわけではないが、アクルとロフェシアが俺を立ててくれたお陰もあって、最大の功労者として認識されていた。

その結果として褒美をもらった訳だが、それとは別に利用価値を見いだしても不思議ではない。

今のモナルカは、邪神によって誘導された宰相との派閥争いも一段落つき、聖女との関係も良好ということで盤石だ。しかし、自分の手札が多くて困ることはないだろう。

邪神封印に関わった俺を、手元に置いておくのも損はない。

女帝の手駒となれることは名誉だし、きっと金銭的なメリットもあるのだろう。

そこまで考えた俺は、やや期待してモナルカの言葉を待った。

「クラートル、妾の元に、婿としてこい」

「…………！」

しかし予想していた以上の好待遇に、思わず言葉に詰まってしまう。

爵位を与えて手元に置く、くらいを考えていたが、王配とはな……それでいいのか？

「それは……また急なお話で」

あまりにも大胆だ。

「そう言うな。だいたいだな……」

そこで彼女は、椅子から立ち上がる。

モナルカの様子は毅然としているようで、どこかとても艶めかしい。

「おぬしが妾に、何をやったかわかっておるか？」

「ああ、それはもちろん」

たしかに、言い逃れは出来ない。俺は褒美というかたちとはいえ、モナルカを抱いたのだ。

女帝の処女をいただいてしまえば……結婚という話になってもおかしくないな。思いきり中出しだったし……。

貴族女性の全員が清いまま結婚するというわけではない。ましてモナルカほどの立場なら、処女性が婚姻話の枷になるようなこともないだろう。相手を選ぶのは女帝側だ。

だが、モナルカは俺が思った以上に、純粋だったのだろうか。

貞操の固めな貴族女性の心情としてみると、処女を捧げた相手と結ばれるというのは自然でもあるかもしれない。美女だからといって気軽に抱いたのは、俺の庶民的感覚だったようだな。

とはいえ、だ。

「俺は一庶民なのだが……」

いきなり王配というのは、見栄え的にどうなのだろうか。

彼女がすでに結婚しており、その逆ハーレムに加えられるというような形式なら、庶民でもおかしくはないだろうが……。第一夫となると、身分も相応に必要なのではないだろうか。

「そのあたりも、この話に時間がかかるゆえんだな。妾の夫になる前に、そなたには爵位を与えることになる」

「なるほど」

結果ありきではあるが、形式的にはそれでもギリギリオーケー、なのだろう。

「そのあたりは妾にはどうとでもなる。時間は多少かかるがな」

そう言って、モナルカは俺に近づいてくる。

彼女は俺の手に自らの手を重ねた。

背の高い美女だが、触れる手は俺よりもかなり小さい女性のものだった。

美女の指が手の甲を撫で、どきりとしてしまう。

至近距離でこちらを見つめる彼女の目は、艶めかしい潤みを帯びている。

「お前に抱かれてからは……妾の心はときおり疼いてしまうのだ」

妖艶な雰囲気に、本能がくすぐられる。

目の前の女を求め、俺の興奮も高まっていく。

モナルカは恥ずかしそうに顔を赤らめ、俺の耳元へと口を寄せた。

そして、ささやく。

「妾を女にした責任、とってもらうぞ」

「うっ……」

その誘うような声に、下半身に血が集まる。

「ふふっ、クラートルもその気みたいだな」

彼女は片手では俺の手に触れながら、もう片方の手を太股へと伸ばしてくる。

細い指先がつーっと腿から付け根のほうへと動いていった。

「ここ、反応してるな」

彼女の手が股間へと触れた。こうなると立ち位置が前回の逆だ。俺が責められている。

ズボン越しに、半勃ちの竿をきゅっとつかむ彼女。

「わっ、どんどん大きく……」

触れられ、膨らむそこを、モナルカがにぎにぎと刺激した。

「それに、すごく硬いぞ……」

「モナルカ、あぁ……」

彼女の手の中で、肉棒が完全勃起する。

「ズボンの中で、パンパンになって……」

苦しいほどに勃起したそこを、モナルカがいじっていく。

「そのままじゃ辛いだろう、ほら」

彼女は俺を立ち上がらせると、部屋の奥へと導いた。

俺はそれに従い、さらに奥の部屋へと向かう。そこはベッドルームだった。

モナルカに連れられて、きっちりとメイクされた清潔なベッドへと向かう。

「妾もう、んっ……」

彼女は発情した様子で、俺を見つめた。

この様子では、モナルカは快感を忘れられずに、こうして誘ってきたのだろう。

しかし女帝であり、しっかりと貞操観念も持つ貴族女性だ。

ずっと我慢していた……俺とのセックスを想いながら。そう思うと余計に興奮してしまう。

「ほら、クラートル」

彼女はベッドに座り込んだ俺のズボンへと手をかけ、そのまま下着ごとずり下ろしてきた。

解放された肉棒が跳ねるように飛び出すと、そこへと顔を寄せて熱い視線を送ってくる。

「ああ、クラートルのおちんぽ……♥」

肉棒を見つめるモナルカの姿がエロく、肉竿がぴくんと動く。

「んっ、こんなにえっちなかたちで、妾を誘って……」

彼女はその手で肉竿をつかむと、優しくしごいてくる。

「これが忘れられなくなって、妾は……んっ♥」

彼女は熱い吐息を漏らしながら、肉竿をいじる。動きそのものはどちらかというと拙いが、肉棒を探るようにあちこち触られるのは、気持ちがいい。

不慣れな様子もかえってエロく、俺は肉棒に惹かれているモナルカを眺めた。

それにしても淫らすぎる。女帝としての威厳もない。もしかすると前回のスキルが効きすぎて、俺とセックスすること自体が常識であり、当然の欲求になってしまっているのだろうか？

「モナルカ……」

俺は彼女へと手を伸ばし、その頭を撫でた。それならば彼女の言う通り、責任をとらねばな。

さらさらの髪が指に心地いい。

「んっ……これだけ猛っていては、クラートルももう挿れたくなっておるだろう？」

誘うような目で俺を見つめるモナルカは、女として求めて欲しいと俺に望んでいる。

俺がうなずくと、彼女は妖艶な笑みを浮かべながら身を起こした。

「妾も、んっ……はぁ……してほしい♥」

彼女はベッドの上で膝立ちになると、自らの短いスカートをたくしあげた。

この国で一番高貴な、女帝の秘部を隠す小さな布。

赤い下着があらわになり、そこに目を奪われる。

女性が自らスカートをたくしあげているというのもそそる。

俺は引き寄せられるようにして、その下着へと手をかけた。

「あっ……♥」

間近で高価そうなショーツを眺めながら、それでも遠慮なく引き下ろしていく。

頼りない布はすぐにその役割を放棄して、モナルカの花園をあらわにした。

女帝の割れ目はぴたりと閉じているものの、そこには確かな水気がある。

とろりと愛液が内腿を伝った。俺はその割れ目へと指先を伸ばし、なで上げる。

「んはぁっ……♥」

エロい声を漏らし、身体を反応させる。それに気を良くした俺はさらに指先を往復させた。

「ああっ……クラートルの指がやっと、妾のに触れて、ん、はぁっ……嬉しい♥」

モナルカは指の刺激をもっとねだるかのように、はしたなく腰を揺らした。

俺の指が、彼女の愛液で濡れていく。そっと割れ目を押し開くと、くぱぁと花開く。

ピンク色の内側が、もの欲しそうにヒクついていた。

俺はそのまま、彼女のおまんこを指でいじっていく。

「あ、ん、はぁ……♥」

くちゅくちゅといやらしい音を立てながら、モナルカのそこを愛撫する。

「んんっ……クラートルの指、太くて、あっ、んぁっ……」

愛液をまとわせた指で、包皮の上からクリトリスに触れる。

「ひゃうっ！　そ、そこは、あっ……♥」

敏感な淫芽をいじられ、モナルカが声を出す。

俺は割れ目と陰核をいじり、彼女を高めていった。

「ああっ……ん、はぁ……すごくドキドキして、ん、こんなの、あふっ……♥」

モナルカは喘ぎながら、俺を見つめる。

潤んだ瞳はさらなる快感を、あるいはオスの子種を求めているかのようだった。

「妾、ん、もうっ……」

俺に抱きつくように身体を預けてきたので、割れ目から手を離して彼女を支える。

「クラートルのを、んっ、妾の中に、んぁっ……」

彼女は俺の肉棒をつかむと、それを自らの膣口へと導いていく。

「あっ、硬いの、当たって、んっ……これがまた中に、んはぁっ！」

そしてぐっとを下ろして、一気に肉棒を咥え込んだ。

「うぉ……すごく締まるな……」

熱く濡れた膣内が、肉棒を咥え込む。いきなりの挿入で、キツい膣圧の包まれた。

「んあぁぁっ！　おちんぽ、きたぁ……♥」

モナルカはおまんこで肉棒を根元まで飲み込み、身体をこちらへと預けてくる。

仰向けの俺に抱きつくようにしながら、腰を深く落として蜜壺に肉棒を収めている。

「あっ、ん、すごい、おちんぽが……あぁ……♥」

エロい声を出しながら、軽く腰を揺らす。膣襞が肉棒を擦り、快感を与えてきた。

「ああ……ん、はぁ……クラートル、んっ♥」

モナルカは熱い吐息を漏らしながら、腰を動かし始めた。

ずぶっ、ずちゅっ……と。接合部から卑猥な音が響く。

抱きつく彼女の柔らかなおっぱいが身体に押しつけられ、肉竿は熱い膣内に咥え込まれている。

「んっ、はぁ、ふっ……」

モナルカは抱きつきながら腰を振っていく。

蠕動する膣襞が肉棒をしごき上げ、気持ちよさを膨らませていった。

「あっ、ん、はぁ……ああっ♥」

モナルカは興奮した様子で、ピストンを行っていく。

もはや我慢しきれないというように、その腰振りがすぐに激しくなっていった。

「あっあっ♥　ん、妾の中、んっ、クラートルのおちんぽ♥　咥え込んで、すごく喜んじゃってるっ♥　んはぁっ！」

「うぁ、モナルカ……」

エロ過ぎる彼女を前に、俺は欲望を煽られていく。

熱い蜜壷がしっかりと肉棒を締めつけながらしごき上げてくる。

「んはぁっ♥　あっ、ん、ふぅっ……こんなの、あっ♥　一度知っちゃったら、やっぱり我慢できなくなるぅっ♥」

すっかり快楽の虜になったモナルカが、はしたない腰振りピストンを行う。

ぎゅっと俺に抱きつきながら、おまんこを打ち付けてくるモナルカ。

全身でこちらを求めるドスケベなメスに、肉棒が搾られていく。

「ああっ、ん、だめっ、気持ちよすぎて、あっ、妾、んぁ♥　すぐイっちゃう♥」

威厳を損なうような蕩けたメス顔で、モナルカが腰を振っていく。

「んはぁっ、あっ、イク♥　もうイクッ！　ん、あっあっ♥」

モナルカはそう言うと、本能のままにピストンを行っていった。

俺は彼女を抱き締めるようにしながら、腰を突き上げた。

「んあぁぁっ♥　あっ、イクウゥゥゥゥッ！」

突然に奥を突き上げられた彼女が嬌声をあげて絶頂する。

膣内がきゅっと収縮する。同時に、モナルカの腰振りは緩やかなものになるが、俺はその隙をつくように、さらに腰を動かしていった。

「んぉ♥　あっ、イってる、イってるからぁ♥」

そう言いながら、強く抱きついてくるモナルカ。

「そんなに突き上げたら、妾、んぁあっ♥　イキながらイっちゃうっ♥　そんなの絶対おかしくなるっ♥　んぁ、あぅっ♥」

喜ぶように喘ぐ彼女に、さらに腰を叩きつける。蠢動する膣内を満遍なく肉棒で突き回していく。

「んはぁあっ♥　ああっ、らめ、イクッ！　またイクッ♥　んぁ、はぁっ、ああっ！」

「ああいいぞ。何度でもイケ！」

俺自身も、精液がこみ上げてくるのを感じながら、女帝のおまんこを突き上げる。

「んはぁっ♥　あっあっあっ、イクッ、イクイクッ！　クラートルもだして！　あっ、んくぅぅぅぅぅっ♥」

「う、ああっ……出る！」

どぴゅっ、びゅるるるるっ！

絶頂おまんこに、望み通りの大量射精を放出した。

「ひゃぅっ♥　あぁ、んはぁっ♥」

モナルカは嬌声をあげながらそれを受け止めていった。

こちらに強く抱きつき、中出し精液を満足そうに飲み込んでいく。

「あっ♥　ん、はぁ……あぁ……♥」

連続イキで快楽に塗りつぶされ、モナルカはただ気持ちよさそうな声を漏らしながら、そのおまんこで精液を搾りとっていく。

「あぁ……ん、あふぅっ……♥」

そしてそのまま、俺の上で脱力していった。モナルカが快楽に蕩けきってしまい、肝心の話は途中のままだったが……今はただ、気持ちよさの余韻に浸るのだった。

●

「お待たせしました、クラートルさん」

日中の街中。俺は聖女ロフェシアと待ち合わせをしていた。

今日の彼女は普段とは違う格好だった。

変装して目立たないようにし、とくに顔を隠し気味にしている。

というのもやはり、彼女がお忍びで街に来ているからだ。

念のため、比較的落ち着いたエリアを選んでいるが、それでも聖女であるロフェシアがそのまま歩けば、かなり注目を集めてしまうだろう。

こうして変装しておけば、富裕層のエリアではあまり詮索されたりはしない。

「すみません、つきあってもらって」

「いや、構わないさ。俺自身、そこまで店に詳しい訳じゃないってのが申し訳ないが」

そう言いながら、歩き出す。

今日はロフェシアからのお願いで、アクセサリーを見に行くことになっている。

というのも、彼女のお付きであるシスターの誕生日が近いのだそうだ。

通常、そういった贈り物というのは、聖女からであっても教会を通して送られるという。

大礼拝は別として、人前に顔を出す機会のない聖女は、教会内の人間でも気軽には接触でない。

ただ、そのシスターは特別に仲が良いそうで、自身で選びたいと相談された。

だからこうして、一緒に街に出ることにしたのだった。

教会側も、大っぴらに聖女が街へ出ることを許可しないのが普通だが、俺はスキルでロフェシアの周囲の人間の常識調整も進めており、それが効いてきている。

まあ俺は最近、夜にこっそりとロフェシアぼ部屋に通ってもいるしな。

ともあれ。

そのシスターは彼女がまだ聖女ではなく、ひとりの聖女候補だった頃からついてくれていた人で、ちょうど十年ほどの付き合いになるらしい。

だからこそ、ロフェシア自らプレゼントを選びたいという話のようだ。

俺達は並んで、街を歩いていく。

広場の向こうに比べるとやはり落ち着いた雰囲気で、道行く人の数も少ない。

こちら側は富裕層エリアということもあり、価格は高くなってしまうが、記念ということを考えればそれも利点の一つと言えるだろう。

聖女であるロフェシアはそこまで派手に金を使って目立つというわけにはいかないが、シスターたちも普段は、そこそこのオシャレは許されているそうだ。

俺達はさっそく、アクセサリーショップへと向かう。

この店はアクセサリー全般の加工をスキルで行う人が店主であり、様々なものが置いてある。

「わ、本当にいろいろな種類がありますね」

「ああ。他にも、気に入ったものをベースにオーダーで作ってもらうことも出来るみたいだ」

「それはいいですね」

ロフェシアはショーウインドウを眺め、シスターに送るアクセサリーを選び始める。

店までの案内はしたが、プレゼント選びには口を挟まないほうがいいだろう。

そのシスターは俺も何回か顔を見たことはある。だが、彼女の好みなどはまるでわからない。

ただ待っているだけというのも暇なので、俺は俺で別のアクセサリーを見ることにした。

ロフェシアの場合、普段自身が身につけるものは教会が選ぶらしいので、こうしていろいろと見ること自体が珍しいのだろう。

髪飾りからアンクレットまで様々なアクセサリーが並ぶ店内を、熱心に見て回っている。

「せっかくだし、普段身につけられるほうがいいですよね……そうなると……」

小さく呟きながら商品を見るロフェシア。俺もいろいろなアクセサリーを見て回る。

「これはよさそうだな」

俺は目立ちすぎない、しかし意匠の凝らされたイヤリングに目を付ける。

そこで店主へと声をかけた。これは自分で買っておこう。

その後は、ロフェシアが選び終えるのを待つ。

しばらくして、彼女が選び終えたようで、俺の元へと来た。

「せっかくですし、選んだものをベースにしつつオーダーにしようと思います」

「ああ、それはよさそうだな。それなら、店主と話をしよう」

「はいっ」

そのまま、ロフェシアと共に再び店主へと声をかけた。

彼女はプレゼントであることや相手のことを伝え、オーダーでどうしたいかを話し合う。

彼女が選んだのはネックレスのようだった。

そうしてオーダーを終えると、ロフェシアがこちらへと来る。

完成品は教会へと届けてもらうようにしたようだった。

俺達は買い物を終えて、店を出る。聖女様であることはバレなかったようだ。

「今日はありがとうございました」

「ああ。また何かあったら、いつでも声をかけてくれ。それと……」

俺は自分で買っていたイヤリングを彼女へと渡す。

「これは俺からロフェシアに。聖女様でもつけられるといいんだが」

「わっ、あ、ありがとうございますっ」

彼女はお礼を言いながらそれを受け取る。

「で、でも私は誕生日とかじゃないですし、今日は付き合ってもらった側なのに」

「すごく似合いそうだったからな。そう深く考えなくていい」

「ありがとうございます。ふふっ」

彼女は俺が渡したイヤリングを見て、嬉しそうな笑みを浮かべた。

俺はその顔を見て、自分の頬が緩むのを感じるのだった。

●

この国では、一夫多妻はそこまで珍しい話でもない。

無論、暮らしに余裕があるのならという話で、貴族や大商人が主ではある。だが、経済的には俺も今やその範疇に入っていた。

成り上がりであり、箔や格のようなものはないため、良家の女性とお見合いがセッティングされるというようなことはないが、自ら動いて複数の妻を娶ることは可能だろう。

それはあくまで、相手も庶民を想定しての話だったが。

しかし今の俺の縁談相手は……困ったな。

「クラートルさん、どうしました？」

「調子でも悪いのか？　それなら妾の医者に――」

「いや、大丈夫だ」

庶民にしては裕福なエリアの、それなりに大きな屋敷。

一般的には誇るべき我が家なのだが、それでもまったくつり合わない貴賓客、聖女と女帝がそろって訪れていた。

彼女たちは俺に好意を向けてくれている。

しかし普通に考えれば……いや、どう考えてもおかしな状況だ。

彼女たちの立場を思うと、この大きめの家ですら動物小屋ということになってしまう。

なにせ、片や帝国一の教会の大聖堂に住み、片や女帝として城にいる存在である。

そのどちらも、個人が過ごす屋敷とは比べものにならない大きさだ。

さらに、従えている人数も桁違いなわけで……上位貴族たちと比べてすら別格だ。

改めて考えると、とんでもないことだな。俺はそんな女性を抱いてしまったのだ。

彼女たちはその立場上、プライベートで気安く人を部屋に呼ぶことが出来ない。

だからという言い訳で、なぜかお忍びで俺の家に来ている。いや、おかしいとは思うのだが……。

表向きは、一庶民である俺の家に来ていることは知られていない。ただ実際のところは、城の側近や、教会の司祭であればわかっていることだろう。

全てを隠しきるのはもう不可能なくらいの回数、彼女たちは俺の元を訪れている。

「クラートル、そろそろ妾の元に来て、夫として城で過ごすのはどうだ？」

「クラートルさん、教会のみんなも、クラートルさんが来るのを毎日待ってますよ」

立場のある存在である彼女たちから迫られ、本来ならばどちらかに婿入りする……というのが妥当なところだが、彼女たち自身も独占する気はないようだ。

誰が正妻となっても、ハーレム状態の継続はするつもりらしい。

彼女たちのほうが圧倒的に地位が高いので、正妻というポジションは肩書きだけの問題でもある。

だが、やはりその肩書きが欲しいものなのだろう。とくに女帝は譲れなそうだ。

「どっちかに所属すると、それこそ厄介な感じがするんだよなぁ……」

教会にせよ城にせよ、それぞれ大きな組織であり、それなりのルールや規範がある。

成り上がり庶民の気楽さとは違うものだ。自由を手放すのは怖い。

もちろん、そこには今の俺にはない贅沢や価値観もあるのだろうが、厄介なことも増えそうだ。

というわけで、そのままのらりくらりとやってきたのだが……。

「妻たるもの、やはりクラートルを気持ちよく出来ないとな」

「だから今日は……それを知ってもらうために、ふたりで一緒にしようって決めたんです」

その結果、ふたり同時に迫られてしまい、どちらが気持ちよくさせるかという勝負に巻き込まれることになってしまったのだった。

まあ俺としては、美女ふたりに迫られてご奉仕されるということで、それはそれでご褒美ということになるのだが。

そんなわけで、俺達はベッドへと移動した。

「さ、クラートルさん♪」

ロフェシアがしなだれかかるようにしながら、俺をベッドへと押し倒した。

それに従って、俺は仰向けに寝転がった。

「ほら、妾たちに身を任せてよいぞ、んっ……」

モナルカが俺のズボンへと手をかけて、脱がせてくる。

女帝としての威厳を保とうとしつつも、すっかりと快楽の虜になっているモナルカ。

彼女はズボンと下着を脱がすと、まだ大人しいペニスに指を触れさせた。

「この状態だと可愛いらしいが、すぐに凶暴な姿になってしまうからな」

そう言いながら、肉竿をいじってくる。

「モナルカはそっちのほうが好きだろ？」

「ふふっ、確かに。あぁ……もう大きくなってきた♪」

彼女の手で愛撫されて肉竿が反応を見せると、モナルカは嬉しそうに言って、さらに手を動かしてくる。

「あ、もう、モナルカさんってば」

「大丈夫大丈夫、まだ準備だから、ほら」

愛撫によって肉棒が完全勃起すると、彼女は一度手を離した。

「こんなに逞しくそそり勃って……♥」

「クラートルさんのおちんちん、ビンビンになってえっちなかたちです……♥」

ふたりが俺の肉竿へと熱い視線を送ってきていた。

「それじゃさっそく」

「妾たちのお口で、このちんぽを気持ちよくしていくぞ♪」

ふたりの美女が、俺の股間へと顔を寄せてくる。

「れろっ」

「ぺろっ！」

そして二枚の舌が、肉竿を舐めてきた。

「ん、れろっ……」

「ちろっ、ぺろっ……」

美女ふたりがエロく舌を伸ばしている姿に、昂ぶりが抑えられない。

あまりにもエロいふたりのご奉仕に、俺はなすがままだ。

「ちろっ、んんっ……どっちがクラートルのおちんぽを気持ちよく出来てるか、れろっ。しっかり感じるんだぞ……れろんっ♥」

「クラートルさんの勃起おちんぽ、ぺろっ、れろれろっ！」

「ふたりとも、あぁっ……」

彼女たちの舌が、肉竿の中腹から先端を中心に舐めあげていく。

「んむっ、ちゅぱっ、れろっ……クラートルさん、ん、ふぅっ♥」

「れろろっ！　ちろっ、ん、どうだ？　妾の舌で、ぺろっ、すぐにイかせてやる」

絶世の美女が左右から顔を寄せ、俺の肉棒へとご奉仕している。

その光景は素晴らしいものだ。

「ん、れろっ、ちろろっ！」

「ぺろっ、ちゅっ、れろんっ♪」

はしたないほど大きく出された舌が肉竿を舐めあげ、魅惑的な唇が時折ちゅっと触れる。

聖女と女帝のフェラご奉仕。

彼女たちは競うように舌を伸ばし、肉竿を舐めていく。

俺はその光景と、ふたりの舌がそれぞれに動く気持ちよさを楽しんでいった。

「ん、はぁ。どうだ、クラートル」

「ああ、すごくいい……」

ふたりの舌愛撫で、肉竿が高められていく。

「あむ、ちゅぅっ♥」

「うぁ、それっ……！」

モナルカが先端を咥え、吸い付いてきた。突然の吸引に思わず腰が上がってしまう。

「あむっ、ん、はむっ♪」

ロフェシアは負けじと幹を咥え込み、肉竿をしごいてきた。

舐め回されるのも気持ちがいいが、より直接的に射精をうながすような動きだ。

「んむれろっ！　ちゅぱっ♥」

ふたりが肉竿を舐め回し、快感を膨らませていく。

「さきっぽから、ガマン汁が出てきてるぞ。ちゅうぅっ♥」

「ああっ！」

モナルカがバキュームを行い、思わず声が漏れる。

「ん、クラートルさん、もう出そうなんですか？　んむっ、ちゅぱっ！」

「ああ、ふたりしてそんな、うっ……！」

ロフェシアが唇で幹をしごき、気持ちよさを送り込んでくる。

彼女たちふたりのフェラで、俺の射精欲は膨らみっぱなしだ。

「ふふっ、妾たちのお口で、おちんぽすっかり気持ちよくなっているようだな」

「クラートルさんの感じてる姿、とっても可愛いです♪」

彼女たちはそう言って、さらに肉竿を責めてくる。

俺は湧き上がる気持ちよさを、無抵抗で受け入れていった。

「んむっ、ちゅぷっ、ちゅぱっ……♥　ほら、いつでも出していいぞ♪」

「クラートルさん、ちゅぱっ……♥」

「ああ、もう、出るっ……！」

ふたりの口に責めたてられ、俺は限界を迎えている。

「ん、はぁっ、ちゅぷっ、じゅるるっ！」

「ちゅぷちゅぷっ！　じゅるっ、あむっ！」

「ほらぁ♥　だしてしまえ♪　ちゅぷっ、じゅるるっ！」

「ああっ……！」

彼女たちが顔を寄せ、肉竿をしゃぶり尽くしていく。

その気持ちよさに耐えきれず、俺は射精した。

「んむっ、ん、ちゅぅぅぅ♥　じゅる、じゅううっ♥」

「うぁ……いっぱい出てます……」

射精中の肉棒を、モナルカが勢いよくバキュームしてくる。

脈動する肉棒から精液を吸い上げる女帝の口内はすばらしかった。

その気持ちいい吸引に、すっかり飲み込まれていく。

「んっ、ごっくん♪」

モナルカが亀頭から口を離し、妖艶な笑みを浮かべた。

「クラートルが気持ちよくなった証、妾がたっぷりと味わったぞ」

勝負という話だったが、もはや勝敗はどうでも良くなったのか、発情顔のふたりが姿勢を変える。

「次は、んっ……私のここで……」

ロフェシアが下着をずらし、その秘めたる場所をあらわにする。

先程のフェラで昂ぶったのか、聖女様のおまんこははしたない蜜を垂らしていた。

「クラートルさん……♥」

彼女は俺の上に跨がり、まだ猛っている肉竿をつかんだ。

そしてゆっくりと腰を下ろしながら、肉棒を自らのおまんこへと導いていく。

「んっ、はぁ、ああ……♥」

膣口が肉竿を迎え、飲み込んでいく。

熱くうねる膣内に、肉竿が入り込んでいった。

「ああっ、太いおちんぽ♥　ん、ああっ！」

そのまま腰を下ろし、膣内に咥え込まれる。

膣道がきゅっと肉竿を締めつけてきた。

「あぁ……妾も、ん、疼いてしまうな……」

モナルカはそう言って、服を脱いでいく。

俺は騎乗位でロフェシアの膣内に包まれながら、脱いでいくモナルカを見つめた。

首筋から胸へのライン。

肩は華奢でありながら、大きなおっぱいが存在を主張している。

脱ぐ動きに合わせてふよふよと揺れる巨乳が目を惹いた。

そして細い腰を経て、下半身へ。

下着一枚を残して全て脱いでいるモナルカの、その手の動きを追う。

彼女の細い指が下着をつかみ、そのまま下ろしていく。

大切な場所を守るには頼りない小さな布が、くるくると巻かれながら足を下りていく。

あらわになったモナルカのおまんこ。

「あっ、ん、はぁっ……♥」

そちらに見とれていると、ロフェシアが腰を動かしていく。

膣襞が肉竿を擦り上げて、快感を送り込んできた。

「ん、クラートルさんの太いので、内側、こすれてっ……ん、ああっ♥」

ロフェシアは可愛いらしい声を出しながら、腰を動かしていった。

「クラートル……んっ……」

そんな俺をモナルカが跨いだ。

軽く足を開いた格好になった、モナルカのおまんこがよく見える。

開脚に合わせてその花弁も薄く花開き、桃色の内側がのぞき込める。

下から見上げるのはなんだか背徳的で興奮した。

「あんっ♥　おちんぽ、中でぴくんって、んんっ……！」

肉棒が反応し、ロフェシアが嬌声をあげる。

「この状態、恥ずかしいな……んっ……♥」

モナルカはそう言いつつ、ゆっくりと腰を下ろしてくる。

濡れたおまんこが顔へと近づいてくる。

姿勢の変化でよりはしたなく開く割れ目が、とても艶めかしい。

「ああっ！　恥ずかしいのに、んっ……♥」

モナルカは羞恥に感じているようで、その秘部からは愛液があふれてくる。

「クラートル、ああっ♥」

俺はすぐ側に来た彼女を引き寄せるようにしながら、その割れ目へと舌を這わせた。

快感で腰を下ろし、おまんこをこちらへ押しつけるようにするモナルカ。

俺は舌先で割れ目を押し広げ、中へと侵入させる。

「んぅっ♥　あっ、舌が、妾の中に、んんっ……！」

膣襞を舌先でくすぐる。

ヒクヒクとエロく反応するモナルカを楽しみながら、舌を動かしていった。

「ああっ、ん、はぁっ、あふっ……♥」

モナルカは内側を舐められて、快楽に身体を震わせる。

「んくぅっ！　あっ、ん、はぁっ……♥」

そしてロフェシアのほうは、さらに大胆に腰を動かし、その膣内で肉棒をしごき上げていった。

「クラートルさん、ん、あっあっ♥」

「んぁ、舌、そんなにぺろぺろと、ああっ♥」

彼女たちが俺の上で快感に乱れていく。

俺は肉竿をロフェシアのおまんこでしごかれながら、モナルカのアソコを舐め回していく。

「んはぁっ、あっ、ん、はぁっ♥」

「ひぅっ、ん、ふぅっ、あっ、ああっ♥」

ふたりを同時に感じながら、高まっていった。

「あっ、ん、はぁ、もう、イっちゃいますっ、ん、はぁっ……！」

「妾も、んぁ、クラートルの舌で、イクゥッ！」

ロフェシアとモナルカは嬌声をあげながら腰を動かしていく。

舐めらているモナルカは小さく小刻みに。

肉棒を咥え込んでいるロフェシアは激しく大胆に。

美女ふたりが俺の上で乱れ、快楽をむさぼっていく。

濃厚なメスのフェロモンと、肉竿をしごき上げる膣内の気持ちよさに、俺のほうもどんどんと高められていった。

「あっあっあっ♥　イクッ、ん、あうぅっ、イっちゃいます、んはぁっ♥」

「んはぁっ、あっ、クリトリス、だめっ♥　妾、んぁ、イクッ！　ん、イクゥッ！」

敏感な淫芽を舐めあげられ、モナルカが嬌声をあげる。

舌先で膣内を突き、引き抜いてクリトリスを責める。

そして腰を突き上げて、ロフェシアの膣奥へ肉棒を届かせていった。

「んぁ♥　あぅっ、イキますっ、んぁ、あっあっ♥　んぅうっ！」

「おまんこイクッ！　あっ、ん、イクッ、イクウゥウゥッ！」

モナルカが嬌声をあげながら、イキおまんこを顔に押しつけてくる。

俺はそこに吸い付いていった。

「あふっ、私も、あっあっ、イクイクッ！　ん、んはぁぁぁあっ♥」

ロフェシアが俺の上で絶頂を迎えた。

膣内が収縮し、肉棒を締め付ける。

絶頂するおまんこが精液を求めてうねり、チンポを搾りあげてきた。

射精をねだるようなその蠕動に、俺も耐えきれずに射精する。

「ひうぅぅうっ♥　あっ、イってるおまんこに、んぁ♥　クラートルさんの、熱い精液っ♥　どぴゅどぴゅ出されてますぅっ……♥」

ロフェシアははしたない声をあげながら、中出し精液を受け止めていく。

「んんっ……はぁ……あぁ……♥」

「クラートル、ん、うぅっ……♥」

絶頂を終えた彼女たちが、俺の上で力を抜いていくのを感じた。

俺は仰向けのまま、呼吸を整える。

美女ふたりに迫られる幸せなセックスだった。

その幸福感に包まれながら、余韻に浸っていく。

●

結局ふたりとも欲望に流され、ただ3Pを楽しんだだけの夜。

勝負がうやむやになったため俺達の関係は変わらず、女帝と聖女が一般市民の家を頻繁に訪れるというとんでもない状況が続いていた。

そちらは上手く【常識改変】も使ってごまかしながら、ハーレムライフを楽しんでいた。

とはいえ、ふたりは重要人物であり、基本はそれぞれの場所で過ごしている。

対して女神であるアクルは、俺の家で過ごしているため、一緒に居る時間が長い。

アクルはかなり楽観的で、降臨後はモナルカに邪神復活の件を告げるだけで、聖女の再封印を見届けたらすぐに帰るつもりだったという。そのため、金も宿もまったく考えていなかった。

しかしモナルカはアクルをその場で信じるようなことはせず、追い返されてしまった。

そうして逃げている最中のアクルに出会ってからこっち、彼女はここで暮らしている。

今の彼女は、再封印後の経過観察でまだこちらに残っている、という状況だ。

しかし、良くも悪くも邪神はしっかりと封印されていて、動きはないようだ。

今日もリビングで、アクルとのんびりと過ごす。

「ね、クラートル」

そんな中、アクルが普段より落ち着いた声で切り出した。

「どうした？」

俺は彼女のほうへと顔を向ける。

「しばらくは剣の状態を見ていたけど、邪神はもう完全に大人しくなったみたい」

「再封印は上手くいったみたいだな」

「そうね」

邪神が完全に復活してしまうと、それを倒す手段がない。だからこそ封印が解けてしまわないよう、アクルがこちらへと来たのだ。

「邪神のことは片付いたし、わたしは帰るべきなんだけど……」

アクルはそう言って、こちらを見た。

「ちなみに」

俺はそんな彼女に、尋ねる。

「すぐにでも帰らないといけないのか？　しなきゃいけないことがあるとか」

それこそ、彼女が他の世界にも似たような手助けをする必要がある、というのなら、たしかにここに長居は出来ないだろう。

「そういうのはないわね。基本的にわたしは、この世界だけを任されているし」

「そうなのか」

本人に詳しく聞きはしないが、アクルはわりとポンコツだ。

世界を作ったのは主神デウスであることや、アクル自身は壁画でも端のほうに描かれていたことなどから考えるに、彼女は神々の中では見習いとか新人とかそういったポジションなのではないだろうか。

神々が去った世界を任されているというのも、訓練として難易度が低めな世界を運用させている、というようなことかもしれない。

今回は邪神という危機があったものの、結果としてはそれも丸く収めることが出来た。

「それなら、そう急いで帰らなくてもいいんじゃないか？」

俺が言うと、アクルは迷いを見せた。

「本来は、こうして人間の世界に降りてくることもないはずなんだけどね」

女神自ら降臨するのは、確かにとても珍しいことなのだろう。

この世界では、神々は遙か昔に去って以降、一度も姿を見せていないといわれている。

それにアクルの口ぶりから言って、彼女がこうして単独でこの世界に降りてきたのも初めてなのだろう。

「急ぎの用事はないけど、こうしてここに居ること自体がイレギュラーだし」

そう言いつつも、アクル自身がすぐにでも帰りたいと感じている訳ではないようだった。

用が無ければ帰るのが基本、という程度のようだ。

そういうことなら、急いで帰らせる必要もないだろう。

俺としては彼女が居てくれたほうがいいしな。

アクルが帰りたいと思っているなら引き留めるのに気が引ける部分もあるが、この様子なら心も痛まない。

アクルが歯切れ悪く「帰らない」と言い切れないのは、仕事をずる休みするみたいな気持ちになっているからだろう。

気持ちではまだ遊んでいたいが、女神としての規範や常識で考えると、すぐに帰るほうが正しいといったところだろうか。

しかし、俺の視点で言えば、そもそも神は遙か昔の世界を去ってから、何もしていなかった訳で。

少しぐらい休んでも、いいんじゃないだろうか。

太古から続く神のスケールで考えるならば、ここでちょっとやそって席を外したところで、それは本当にちょっとした時間にすぎない気がする。

そういった言い訳も十分にあるし。

俺としてはアクルにはこっちに居てもらったほうが毎日楽しいので、背中を押させてもらうことにする。

「機会が少ないならなおさら、この際、もっと人間界で過ごして【内側から世界を見る】時間をとってもいいんじゃないかな。女神としては」

サクッと【常識改変】を使い、彼女には「ここに居てもいい」と思ってもらう。

その上で、彼女が帰りたいと思うならその気持ちは改変しないことにする。

そうすれば、俺自身が負い目を感じることもない。

「そうかな」

「ああ。もしなにかあれば帰ってもいいいんだし。こっち側からだからこそ見えることも、あるんじゃないか？」

アクルは少し考えるようにして、うなずいた。

「そうかも。そうしようかな。立派な女神として」

どちらを選んでもいい、と常識を改変された彼女は、ここに残るほうを選んだくれたようだ。

「ああ。じっくり、いろいろと体験してみるといい」

アクルが残ってくれることになり、俺は一安心する。

俺にとって、彼女は人生の転機となるきっかけだった。

新たなスキルの恩恵を十分に受け、それに慣れきって飽きていたところで出会った彼女。

邪神という、これまで考えもしなかった話を持ってきて、今までとは違う日々を送れた。

さらにそこから、聖女であるロフェシアや、女帝のモナルカとまで知り合えたのだ。

「アクル」

俺は彼女に近づいて、そっと抱き締めた。

「んっ」

彼女は俺の胸にもたれかかり、そのまま抱き締め返してくる。

華奢な肩と、胸板に当たる柔らかなおっぱい。

俺は腕の中の彼女にキスをした。

「クラートル、んっ……」

そして唇を離すと、腕の力を緩める。

手を下へとずらし、お姫様抱っこで彼女をベッドへと運んだ。

そのまま、ベッドに寝かせた彼女へと覆い被さっていく。

「ん、ちゅっ……」

唇を重ね、胸へと手を伸ばす。

慣れた手つきで胸元をはだけさせ、揺れながら現れる豊かな双丘に触れた。

柔らかな感触が伝わり、大きな胸がかたちを変える。

「あふっ、ん、はぁっ……」

アクルが艶めかしい吐息を漏らし、俺は再び彼女にキスをした。

「ちゅっ……ん、れろっ……」

舌を伸ばすと、彼女のほうもそれを受け入れて、舌を動かしてきた。

「れろっ……ちろっ……んぅ……」

お互いの舌を絡め合いながら、体液を混ぜ合わせる。

「んんっ……れろっ、ちゅっ……はぁ……♥」

唇を離すと、アクルは潤んだ瞳で俺を見つめた。

蕩けた表情は艶めかしく、俺は興奮を覚え、次は彼女の乳首へと口を向けた。

「んぁっ♥」

キスと胸への愛撫でぷっくりと反応していた乳首を唇で挟み込む。

そのまままちゅっと吸うと、アクルの身体がぴくんと反応した。

「んぁっ♥　あぁ……」

片方の乳首を吸いながら、もう片方の乳首をつまむ。

「あうっ、そこ、ん、あふっ……」

くりくりと乳首をいじっていくと、アクルの唇からは喘ぎ声が漏れていく。

「あっ♥　ん、はぁ、ふぅっ……！」

指先と唇で乳首の愛撫を続けていく。

「あうっ、ん、そんなに、そこ、あっ♥　乳首ばかり、あっ、ん、はぁっ……♥」

「敏感になってるな」

「あうっ、ん、クラートルが、あっ、いやらしく触るからぁっ♥」

アクルは気持ちよさそうに声をあげ、その乳首をつんと張り詰めさせる。

「んぁっ、あっ、んんっ……クラートル、んんっ……♥」

彼女は乳首責めに感じながらも、さらなる刺激を求めるかのように、発情した顔をこちらへと向ける。

そのエロい表情に俺も高まり、肉竿へと血が流れ込んでいった。

「アクル、脱がすぞ」

俺は彼女の乳首から手を離すと、残る服を脱がせていく。

するすると衣服を剥ぎ取っていき、彼女はすぐに下着一枚になってしまった。

俺は残ったその一枚へと手をかける。

「もう濡れてるな」

「あうっ……♥」

少し恥ずかしそうに、アクルが身をよじらせる。

彼女のそこはもう十分に濡れており、下着にも愛液がしみ出していた。

そのまま残る一枚を下ろしていくと、クロッチの部分がいやらしく糸を引く。

「あっ、ん、はぁっ……」

あらわになあったアクルのおまんこ。

隠すもののないその花園が、はしたく蜜をあふれさせながら、薄く花開いている。

俺は下着を完全に抜きとってしまうと、一糸まとわぬ姿の彼女を眺めた。

「あっ……んっ……」

快感に少し息を荒くしていて、そのたわわな胸が上下しながら揺れる。

細くくびれた腰と、丸く広がるお尻。

そして足の付け根で、メスのフェロモンを放っている秘花。

俺は自らの服を手早く脱ぎ捨てると、抑えられていた怒張を解放した。

「ああっ……クラートル、んっ……♥」

彼女の目が、猛る剛直へと向けられる。

期待を滲ませる視線を受けて、肉棒はさらに硬度を増す。

俺はアクルの足をつかむと、ぐっと上へと開かせた。

「あぅっ……」

彼女はその腰を突き出すような格好になった。

俺はその、差し出されたおまんこへと肉棒をあてがう。

「んんっ……クラートル、ん、はぁっ！」

そのままぐっと腰を突き出し、肉竿を挿入していった。

濡れた膣道が肉棒を迎え入れて、締めつける。

「んんっ、あっ、んうぅっ！」

彼女の膣内は熱く、肉竿を咥え込んでうねる。

その気持ちよさを感じながら、俺は早速腰を動かし始めた。

「んぅっ、はぁ、あんっ♥」

膣襞を擦り上げながら、腰を往復させていく。

膣内は喜ぶように肉竿に吸い付き、蠢動していった。

「あぁっ、ん、はぁ、んうぅっ♥」

アクルが嬌声をあげ、感じていく。

脚を大きく上げて、おまんこを突き出すはしたない姿。

肉棒を深く咥え込んでいる様子も丸見えだ。

そのエロさが俺の興奮を煽り、腰振りにも力が入っていく。

「んぅっ、ふぅ、ん、はぁ、んあぁっ！」

蠕動する膣襞を擦り上げ、往復していく。

「あっ、ん、はぁ、ああっ♥」

彼女がここに居続けようと思えるよう、離れられないほどの快楽で彼女を溺れさせていった。

「あぅっ、ん、はぁっ、あ、イクッ！　ん、ああっ！」

ピストンを繰り返し、膣内をかき回していく。

アクルは嬌声をあげて乱れていった。

「あぅっ、ん、はぁっ、もう、ん、あっあっ♥」

おまんこを突き出し、はしたなく感じていくアクル。

そのドスケベな姿と膣襞の蠕動で、俺のほうも限界が近い。

「あぅっ、ん、おちんぽ♥　中をズブズブ動いて、あっ、ん、くぅっ！」

「アクル、うっ……！」

「あぁっ、ん、もう、イクッ！　あっ、クラートルも、ん、出してぇっ♥　中に、あっあっ、ん、はあっ！」

「ああ、出すぞ！」

俺はラストスパートで腰を激しく振り、膣奥まで突いていく。

「んはあぁっ♥　あっ、奥っ、ん、一番深いところまで、あっ♥　おちんぽズンズン突いてきてるぅっ♥」

彼女は大きく声をあげて乱れていく。

蠢動する膣襞を擦り上げ、そのまま昇りつめていった。

「ああっ！　ん、あっあっ♥　イクッ！　あふっ、ん、あっあっあっ♥　イクッ、イクイクッ、イックウウゥウゥッ！」

「うぉっ……！」

絶頂を迎えたアクルが快楽に身体を跳ねさせる。

きゅっと収縮する膣襞に、くぽっと亀頭を咥え込んで吸い付いてくる子宮口。

全体で肉棒を搾るその快感に、俺はたまらず射精した。

「あぁぁぁぁっ♥　イってるおまんこに、んぁ、せーえき、いっぱいっ、ん、はぁ♥」

中出しを受けて、アクルがさらに嬌声をあげていく。

膣内はうねり、精液を余さずに飲み込んでいった。

俺は快楽に任せて、彼女の中に放出していく。

「あ……ん、はぁっ……♥」

出し切っても、膣内は肉竿を咥え込んで刺激し続けてくる。

俺は心地よさに浸りながらも、そっと肉棒を引き抜く。

「んっ……♥　ふぅっ……」

彼女は足を下ろして、荒く艶めかしい吐息を漏らしていく。

軽く開いた状態の足からは、混じり合った体液がとろりとあふれた。

「アクル」

俺は彼女にそっとキスをして、隣へと寝そべる。

「ふぅっ、んんっ……♥」

彼女は顔をこちらへと向けて、じっと見つめてきた。

俺はアクルをぎゅっと抱き締める。

「んっ……」

その頭を撫でながら穏やかな幸せを感じ、目を閉じたのだった。

●

爵位の件で、俺はまた城を訪れていた。

俺のような人間が、城に来ることが増えているというのは、なんだか不思議な感じだ。

そもそもがモナルカとの釣り合いを考えての爵位だ。まだ慣れない。

今でもモナルカ自らがこちらを訪れているわけだし、おかしな関係だな。

しかしそういう煩わしさこそ貴族的ともいえるのだろう。

部外者である俺が国の運営に関わることはない。

そもそも爵位自体が借り物なので、その立場で俺が政治に加わることは想定されていない。

それでも形式的に、城に仕える貴族になった後でモナルカの王配になるという流れだ。

――まあ、ここはまだ聖女であるロフェシアとの兼ね合いが確定しているわけでもないのだが。

俺に重要な仕事はないが、今日は上司となる貴族との顔合わせをすることになっていた。

少し緊張したが、その件は無事に終わった。

俺の側からすると高位貴族には身構えるが、向こうは向こうで、一時的には部下という扱いになるとはいえ、女帝の配偶者候補に対して気を遣う部分も大きかっただろう。

お互いに気を張ってはいたものの、そのおかげもあってかトラブルなく顔合わせは終了した。

長期に渡って一緒に何かをするというわけではないし、意気投合せずとも、円満に過ごせれば十分だしな。

その距離感を間違えなければ、おそらく今後も問題はないだろう。

そして顔合わせが終わった後、俺はモナルカの私室へと呼ばれていた。

以前とは違い、今回は使用人も一緒だ。

もちろんそれが普通なのだ。

俺も当初は、常にメイドが周囲にいることに落ち着かなかったが、今ではすっかり慣れている。

彼女たちは後ろに控え、存在感を消していた。

「緊張しているクラートルを見るのは、少し面白かったな」

モナルカは楽しそうに言った。

そして紅茶のカップを傾ける。

「あの貴族様とは、初対面だしな」

「クラートルは、単に初対面というだけで緊張するようなタイプじゃないだろ」

モナルカはそう言ってカップを置く。

「まあ……そう、かな」

昔はともかく、今はある程度余裕がある。

それは【常識改変】によってどうとでもなる、という余裕から来るものだ。

緊張の一部は、「庶民感覚で何か恥ずかしいミスをしたらどうしよう」という不安が原因だった。

それでも城や貴族達にも慣れ、最近では初対面の相手に緊張することは減っている。

だが、かなり高位の貴族ともなると、話は別だ。

今でこそこうして、女帝であるモナルカと気兼ねなく話しているが、本来、貴族なんて顔を合わせるような存在じゃなかったわけだし。

「正式に妾の夫になれば、それも慣れるだろう」

「どうだろうな」

そう話しつつ、俺も紅茶のカップを手に取った。

モナルカとロフェシアは、ともに立場があるため、そしてそれぞれの組織からも求められて、正妻の座を争ってはいる。だが、それもここ最近は形式的な感じになっていた。

最初からふたりとも、アクルを含めた三人のハーレムには賛成だし、序列付けに対して本気という訳でもなさそうだったしな。周囲にアクルをどう説明するかは難しいが、それも手は回している。

帝国内では聖女といえど、やはり女帝のほうが優位なのだろうと俺は思っている。

だが、その理屈で言えば女神であるアクルには、人間では太刀打ちできないな。

そのアクルは、正妻についてはまったく興味がない。

女神様は上下関係には関心ないようだった。

そもそも目立ちたくないという事情もあるだろうし。

当然、大々的に女神だと喧伝することはできない。

女帝と聖女を抑えて正妻となれば、一体何者なのだろうか、という追求からは絶対に逃れられないだろう。

「まあ、爵位なり何なりの手続きも、クラートルが徐々に妾に慣れていくためと思えば、存外悪くないのかもな」

モナルカの強権で一足飛びに貴族になったので、俺は一気に社交界に飛び込むことになる。

様々な根回しによって、今日のような顔合わせを含め、少しずつ貴族達に触れていく機会ができていた。想像したとおりかなり面倒だから、徐々に少しずつというのは助かる。

「ああ、そうかもな」

だから俺はうなずいた。

のんびりとお茶を飲む静かな時間。

いろいろと状況が落ち着いて、モナルカと暮らすようになれば。

こんなふうな時間も増えるのかもしれない。少し楽しみだ。

いや、そこにはアクルもロフェシアもいるのだから、基本的には騒がしくなりそうだけれども。

それはそれで、きっと楽しい生活なのだろうな。

危機が去り、それでも退屈しなそうな日々を思い浮かべて……。

俺はそんな未来を、幸せだなと思うのだった。

エピローグ　平和な日々

苦境であれ幸福であれ、人間は慣れる生き物だ。

慣れたところで立ち止まる場合は、それはそれでいいのだが、時には人生に飽きることもあって、この場合は新たな刺激を求めなければいけない。

スキルで得た生活に飽きていた俺は、アクルとの出会いを切っ掛けに、それまでの生き方では出会わない美女たちと暮らすことになった。

そうして彼女たちと過ごす生活も慣れ始めているが、美女に迫られまくる生活というのは刺激的なもので、慣れはしても飽きる気配はないようだった。

これまでの俺ならそれ自体にも変化を求めたかもしれないが、今はまだ、モナルカたちに迫られる日々を純粋に楽しんでいた。

スキルはいつだって使える。何かを起こすのはもっと後でいい。

そんなわけで、女神であるアクルと暮らし、聖女のロフェシアと女帝モナルカに迫られるハーレム生活が平和に続いていた。

今日はモナルカが俺の元を訪れ、一緒に過ごしている。

最近ではロフェシアとモナルカは秘密裏に連絡を取り、互いの予定を確認しているようだった。

秘密裏と言っても周囲の人間にはばれるわけだが、聖女と女帝ならば仲が良くてもおかしくはないしな。

「クラートルの爵位の話だけど」

「ああ」

モナルカがベッドに腰かけながら、話を進める。

自分のベッドに女帝が無防備な姿でいるというのは、あらためて考えるとすごい話だな。

今ではすっかりそれも日常的な光景になったが、本来あり得ない状況だ。

しかも話すのは、俺の爵位について。

貴族に生まれて家を継ぐというのならともかく、騎士以外で新たな貴族として爵位を与えられるというのは、まずない経験だ。

「準備は進んでいて、あとは最終調整さえ終われば受爵できる」

貴族といっても領地を持つのではなく、帝王の直下で仕事をするタイプのものだ。

そう深いところに食い込んで、国家の仕事をするわけではない。

一応、俺のスキル【常識改変】は貴族社会でも役立つものではあるが、強力過ぎるし特殊だし、頼り切るのもよくないということで、あくまでいざというときの切り札にとどめておく予定だった。

そもそも、何をどこまで出来るかは、アクルとも相談した上でかなりぼかしている。

「しかし、本当に貴族になるのか……」

なかなかに信じがたい話だ。

しかし話は着実に進んでおり、実現は近い。

それによって、女帝であるモナルカや聖女であるロフェシアの相手として、一応ふさわしい身分を手に入れる、ということになる。

外堀が埋められていく状況だ。

まあ、それもいい。

彼女たちと過ごす日々は楽しいし、そのためなら多少の囲い込みは受け入れられる。

貴族になれば生活に制限も出来るだろうが、同時に得るものも多い。まずはそちらに目を向けて楽しむとしよう。

「アクルとロフェシアも城に呼んで暮らす予定だから、クラートルは変わらず三人を相手にしてもらうことになるが……」

そう言って、モナルカが身を寄せてくる。

彼女は俺の側に来ると、その手を俺の股間へと這わせてきた。

「妾の夫はおぬしひとり。つまり、しっかりと世継ぎをつくってもらわないとな」

「うぉ……」

モナルカは誘うように手を動かし、肉竿を刺激する。

その妖しい手つきに期待はふくらみ、すぐに股間が反応してしまう。

「ふふっ、元気なここに、たくさん頑張ってもらわないとな♪」

俺達はそのまま、ベッドへと向かった。

モナルカはこちらへと抱きつき、そのまま一緒にベッドへと倒れ込む。

俺は身を任せて寝そべると、抱き寄せた彼女にキスをした。

「んっ……」

軽く唇を触れ合わせて離すと、モナルカはいたずらっぽい笑みを浮かべる。

彼女はそのまま、俺の身体の上をずるずると下へ向かっていった。

モナルカの大きな胸が、俺の身体の上を柔らかく滑っていく。

「ふふっ、妾の胸を、何か硬いものが押し返してきてるな」

彼女は俺の股間に胸を当てると、そのまま軽く身体を上下させた。

股間の上で、巨乳がぽよんぽよんと跳ねる。

淡い刺激が服越しに肉竿を襲う。

「むぎゅ……っと、こういうのはどうだ♥」

モナルカはそのまま、そのおっぱいで肉竿を圧迫してきた。

柔らかく肉棒を押してくる感触は、快楽への期待を膨らませる。

「まずはズボンから出さないとな」

そう言って、モナルカは一度身体を離すと、俺のズボンへと手をかけてきた。

もうすっかり慣れた手つきで、素早く脱がしてくるモナルカ。

彼女は肉竿に顔を寄せる。

興奮気味の吐息がかかり、肉棒がそれに反応すると、モナルカは指を伸ばした。

「今日も、とても硬いな……」

そして指先で軽く突いてくる。

そのからかうような刺激はもどかしい。

焦らすような指使いに、むずむずしてしまう。

「おちんぽが、もっと気持ちよくして欲しそうにしてるぞ」

「ああ、そうしてくれ」

俺がうなずくと、彼女はこちらを見上げた。

「それじゃ、れろっ！」

「うぁ……」

モナルカは舌を伸ばし、肉竿を舐めた。

温かな粘膜は先ほどと違い、はっきりとした気持ちよさを送り込んでくる。

「いい反応だ♪」

モナルカは楽しそうに言って、そのまま舌を動かしていく。

「れろっ、ちろっ……」

彼女の舌が、裏筋のあたりを舐めてくる。

「あむっ」

そして口を開くと、先端を咥えた。

「ちゅぶっ、じゅるっ……」

ぷりっとした唇がカリ裏あたりを刺激し、亀頭に吸い付いてくる。

「んむっ、ちゅぷっ。れろんっ」

口内に含まれた先端を舐められ、気持ちよさが広がる。

「ん、ちゅぶぶっ……」

さらに深く肉棒を咥え込んでいくモナルカ。

彼女は肉竿をしゃぶり、頭を大胆に動かしていく。

「ん、はぁ……このまま口でしてもいいが、せっかくだし他のことも、んっ……」

彼女は口を離すと、自らの服へと手をかけた。

そのまま衣服を脱いでいく。

俺はその様子をじっくりと眺めた。

彼女が上半身の衣服を脱ぎ去ると、先程身体に当てられていた、たわわな双丘が揺れながらあらわになる。

揺れるおっぱいには、男はついつい視線を引き寄せられてしまう。

下半身の衣服にも手をかけ、自分で脱いでいくモナルカ。

その動きに合わせて、胸もかたちを変えていく。

そうして眺めている内に、彼女は一糸まとわぬ姿になっていた。

「ん、では……いいかな」

そして彼女は、再び俺の股間へと身を寄せてくる。

「ずいぶんここが気になっていたみたいだし、次は胸で挟んであげる」

彼女は自らの巨乳を持ち上げるようにしてアピールしながら言った。

「おお……」

「えいっ♪　どうだ、クラートル？」

モナルカはそのまま、大きなおっぱいで俺のチンポを挟み込んだ。

柔らかな双丘に肉竿が包み込まれる。

「んっ……♥　硬いのが胸を押し返してきてるな。押しつけると……気持ち良さそうだな♥」

そのまま左右から胸を寄せて、肉棒を圧迫した。

肉竿を挟んだ双丘が柔らかく変形し、上乳の部分がとてもエロい。

「ん、くっ……慣れないとなかなか難しいな」

彼女はそのまま手を動かし、胸を使って愛撫を始める。

柔らかな双丘が肉竿を挟んで刺激してくる。

その気持ちよさに加え、女帝であるモナルカがパイズリ奉仕をしているという状況も、欲望を刺激する。

「胸のところにおちんぽがあるからか、すごくドキドキするな、ん、はぁっ……♥」

たわわなおっぱいで肉棒を擦りながら、モナルカが言った。

さっきまで咥えていたこともあり、唾液に濡れた肉竿は滑りもよく、その柔肉がむにゅむにゅと動いていく。

「ん、しょっ……クラートルはどうだ？」

「ああ、気持ちいいぞ」

「それならもっと、いくぞ♪」

彼女は大胆に胸を上下させ、肉竿をしごいてくる。

むにゅっ、たぷんっと女帝おっぱいが揺れていく。

乳肉の気持ちよさに加えて、双丘が揺れる光景のエロさも淫らな気持ちを高めていく。

「はぁ、ん、ふぅっ……」

たゆんっ、たぷんっと揺れるおっぱいが、肉竿を柔らかく包み込んでしごいていく。

「胸の中で硬いのがピクピクしてるな……んっ♥」

彼女は両側から胸を寄せて、むぎゅーっとチンポをしごき上げた。

「ああ……おっぱいが気持ちよすぎるし」

思わず声を漏らすと、モナルカは妖艶な笑みを浮かべる。

「ふふっ、妾の胸でおちんぽを挟まれて、気持ちよさそうだな」

「ああ、すごくいい」

パイズリの気持ちよさはもちろん、気位の高いモナルカがおっぱいご奉仕をしているという状況も素晴らしく、俺の興奮を煽ってくる。

「ん、しょっ……」

胸を上下に揺らしていくモナルカ。

モナルカの唾液と汗に濡れた肉棒は滑りもよく、その柔肉の中を往復していく。

「はぁ、んっ……硬いのが上下して、ん、ふぅっ……♥」

モナルカが乳房を揺らし、肉竿を責めたてていく。

その気持ちよさに浸り、俺はパイズリご奉仕する彼女をじっくり眺めた。

男に奉仕し、胸を寄せて動いていくモナルカ。

その谷間からは亀頭が出たり隠れたりしている。

むにゅっと谷間の奥に肉竿が飲み込まれ、全体に柔らかさを感じていた。

「ふぅっ……ん、はぁっ……♥」

かと思えばぴょこんと顔を出し、先端に冷たい空気が当たる。

巨乳が肉棒を挟み込むエロい光景と、乳肉の柔らかな気持ちよさ。

「んっ……ふぁ……」

モナルカはこねるように手を動かし、乳圧の変化を加えながら肉竿へと奉仕してくる。

「あうっ、そこっ……」

「んっ、こうして、おちんぽを搾るようにするのがいいのか？　ほら……♥」

「うぁっ……」

むぎゅーっとおっぱいに追い込まれ、快感に腰が浮く。

「ああ、おちんぽが妾の胸に甘えてるみたいだ。よしよし」

いたわるように、彼女はぱふぱふと肉竿を刺激する。

さきほどの搾り取るような動きに比べるとずっと優しく、刺激は小さいはずなのだが、その緩急が性感を高めていった。

その様子が伝わったのか、モナルカはさらに熱を込めてパイズリ奉仕を行っていく。

「ん、はぁっ……クラートルの表情も蕩けてきてるぞ。ん、こっちがこんなにガチガチなのに、はぁ、んんっ♥」

彼女はまたむぎゅむぎゅと強めに肉竿を圧迫してくる。

強めといっても、なにせ挟んでいるのが柔らかなおっぱいだ。

チンポのかたちに合わせて姿を変え、包み込むように乳圧をかけてくる。

彼女の魅力的なスタイル。特にその大きな胸は、見とれる男も多いだろう。

しかし本来なら、女帝様のパイズリなど恐れ多く、想像するだけで不敬にあたる。

そんな彼女がメスの顔をして、パイズリを行ってくれているのだ。

大陸で一番高貴な美女のご奉仕は、男冥利に尽きる。

「妾の胸は、これだけではないぞ。こうすると、んっ！」

さらに、彼女は乳房の左右で動きを変えてきた。

胸が上下するタイミングをずらし、より淫らに双丘が動いていく。

ズリ上げとズリ下げ、左右から異なる刺激で肉棒を擦っていく。

双丘だからこそなしえる、特異なチンポ責めが心地いい。

「押しつけながら、んっ、こうして左右バラバラにしごき上げると、んっ♥」

「うぁ……！」

柔らかな乳房が肉棒を刺激する。

モナルカはこちらの反応を見ながら、動きを変えていく。

再び円を描くように肉竿を搾られ、吐精欲求も増していく。

「んっ、おちんぽが膨らんで、精液を出したがっているのが伝わってくる……♥」

モナルカは妖艶な笑みを浮かべながら言うと、一度パイズリを止めた。

高まった肉棒が巨乳に挟み込まれたまま、焦らされる。

思わず腰を動かしそうになると、モナルカはいたずらっぽい笑みを浮かべた。

「だめだ。出すなら、んっ、ちゃんと妾の中に、な？　これは子作りなのだから」

そう言って胸から肉竿を解放するモナルカ。

おあずけをくらった肉棒は、快楽を求めてビクンと動いた。

彼女はそんな勃起チンポに熱い視線を注ぎながら、俺の身体をまたいできた。

「あぁ……こんなに逞しく猛って……♥」

肉棒をうっとりと眺めた彼女は、そこに手を伸ばす。

そして肉竿をつかむと、腰を落としながら、自らの膣口へと導いていく。

「あ、ん、はぁっ！」

そして腰を下ろし、騎乗位のかたちで繋がった。

熱く濡れた蜜壺が、肉竿を奥まで迎え入れる。

「あふっ、太いのが、中を広げて、んっ……♥」

モナルカはなめらかに腰を動かし始める。

「は、んっ……ふぅっ……♥」

蠕動する膣襞が肉竿をしごき上げていく。

先程のパイズリで十分に高められていた肉棒は、最初から発射態勢に入ってしまいそうだ。

すぐ出したしまわないよう、ぐっと腰に力を込める。

だが、そんな抵抗はぬれぬれのおまんこの中では無意味だった。

「ああっ♥　ん、膨らんだところが、妾の中、ん、ああっ！」

彼女はあられもない声をあげながら、ペースを上げていく。

膣襞が肉棒をしごき上げ、射精をうながしてきた。

「んんっ、ふぅっ、はぁ、あぁ♥」

モナルカが俺の上で淫らに腰を振っていく。

彼女の大胆なピストンが肉棒をしごき上げ、快感を伝えてきた。

それに加えて、上下運動に合わせて大きなおっぱいが揺れていく。

見上げるとより迫力満点の双丘が、柔らかそうに弾む様子は絶景だ。

たぷんっ、ばるんっと弾むおっぱいは、目を引き寄せる。

肉竿を締め付ける膣内と、誘うように揺れるおっぱい。

俺は騎乗位で高まるモナルカを見上げながら、快感に身を委ねていく。

「あっあっ♥　ん、はぁっ！」

嬌声をあげながらピストンを繰り返すモナルカ。

「うっ、そろそろ……」

いよいよ俺も限界が近づき、そう漏らす。

「んっ、妾の中に、子種を……あっ♥」

彼女はさらにペースを上げて、腰を振っていった。

「中に何度でも出して、あっ♥　種付けしてっ、ん、ほしい……はぁ、あぁっ！」

「うぁ……！」

淫らなおねだりと、肉棒をキツく搾る膣内に欲望が膨らんでいく。

「ああ、もう、出るぞっ……！」

「あっあっ♥　きて、んぁ、はぁ、出してぇ……♥　妾のおまんこに、あっあっ、クラートルの子種汁っ♥」

「う、出る！」

びゅるるる！　どびゅ、びゅくんっ！

興奮は想像以上だったようで、俺は彼女の膣内に大量に射精した。

「んはぁぁぁっ♥」

中出しを受けたモナルカが、身体を反らせながら絶頂した。

「んあぁぁっ、ああっ！　膣内、熱いの、子種がっ、びゅくびゅくだされてるぅっ♥　んぁ、あうぅうっ！」

「あぁっ……今、そんなに締めつけられると、うっ……」

絶頂おまんこは射精中の肉竿を容赦なく締めあげてくる。

精液を余さず搾り取ろうというメスの本能なのか、うねって吸い付く膣襞の快楽に、なすすべなく身を任せていった。

「あっ……♥　ん、はぁっ……」

そしてしっかりと子種汁を搾り終えると、モナルカは腰を落ち着けた。

「クラートルの熱い子種、妾の奥にたくさん届いたぞ」

そう言って下腹を撫でるモナルカは、とても艶めかしい。

「ふふっ、これは婚姻の儀も、急がないといけないかもしれないな」

そう言って笑みを浮かべる彼女は、とても可愛いらしい。

「んっ……？　クラートルのは、まだ妾の中で大きなままだな」

「ああ……そうだな」

射精直後の気持ちよさに浸りながら、俺は曖昧にうなずいた。

快感の余韻ですっかり油断していると、モナルカが再び腰を動かしだした。

「おいっ、モナルカっ……！」

「ふふっ、んっ♥　これだけ元気なら、まだイけるだろう？　あっ、んっ！」

どうやら彼女は、まだまだ淫らな欲望を溜め込んでいるらしい。

一度イったくらいでは満足しないドスケベな女帝様が、俺の上で腰を振っていく。

「あぁっ、ん、はぁっ……妾の、んっ、膣内で、クラートルの精液がぐちゅぐちゅかき回されて、ん、はぁっ♥」

さほど出した精液と、彼女の中からあふれてくる愛液をミックスするように腰を動かしていくモナルカ。

ぐちゅぐちゅと卑猥な音を響かせながら、蜜壺が肉竿をしごき上げていく。

「んふぅっ、あ、これ、いいっ♥　ん、はぁ、また、すぐにイけそうだっ♥」

モナルカは気持ちよさそうに言いながら、さらに大胆に腰を振る。

おっぱいをたぷんたぷんと弾ませながらの腰振りピストン。

「んぉ♥　あっ、ん、はぁっ！」

俺は下から、その揺れる胸へと手を伸ばしていった。

「ひぅっ♥　ん、はぁっ……」

そして持ち上げるように、たわわな双丘を揉んでいく。

柔らかな膨らみを揉んでいくと、モナルカの腰使いが乱れた。

「あっ、ん、はぁっ、クラートル、んぁっ……！」

むにゅむにゅとおっぱいを揉み、さらに乳首へと指を伸ばす。

「んはぁっ！」

きゅっとその乳首をつまむと、モナルカが嬌声をあげて反応する。

同時に膣内も収縮して敏感な反応を見せ、軽イキしたようだ。

俺は軽く乳首をいじり、彼女をさらに責めていく。

「あっ、だめっ、ん、乳首、あぁっ……♥　おまんこと乳首、両方気持ちいいの、だめぇ……♥」

絶頂の波が引く前に乳首責めを受けて、モナルカが喘いでいく。

「ああっ、ん、はぁっ、あふっ……！」

彼女は俺の上にぺたりと座り込んだまま、すりすりと前後に腰を動かし始めた。

「んぉ♥　あっ、ん、はぁっ……ああっ！」

グラインドしながら乳首をつままれて感じていくモナルカ。

膣道が肉竿を擦り、きゅっきゅと締めつけてくる。

「あふっ、んぉ♥　あ、はぁっ……」

俺は乳首から指を離すと、彼女の細い腰をつかむ。

そして、今度はこちらから腰を突き上げ、モナルカの好きな場所を刺激する。

「んはぁっ♥」

弱い位置を的確に突かれた彼女は嬌声をあげ、背中をのけぞらせる。

「んあっ♥　おちんぽが、妾の奥を突いて、んあぁあっ！」

俺は細い腰を固定し、そのまま亀頭で最奥を突き続けていく。

「あっあっ♥　んぅっ、らめっ、奥、ズンズン突き上げられて、妾、んぁ、ああっ、イクッ！　それらめぇっ♥」

嬌声を震わせて感じまくるモナルカ。

俺の上で乱れる彼女に興奮しながら、突き上げ続ける。

「んあぁ♥　あ、イクッ！　またイクッ！　ん、あっあっあっ♥」

モナルカはガクガクと身体を震わせながら喘ぐ。

「妾の一番奥っ♥　赤ちゃんの部屋、突き上げられながらイクゥッ！」

チンポの先に子宮口がくぽくぽと吸い付き、その興奮を伝えてくる。

子種を求めるメスの反応にうながされ、睾丸から精液がせり上がってくるのを感じる。

「このまま、奥に出すぞ！」

「んうぅぅっ♥　あっあっ、イクッ！　も、もうイクうっ♥　気持ちよすぎて、んぉ♥　あっ、イクイクッ！　イクウゥゥゥッ！」

絶頂を迎えたモナルカが、淫らに乱れながらさらに求めてくる。

「クラートル、あっ、妾の中に出して、あっ♥　イキすぎて孕み頃の妾に、いっぱい、種付けしてぇっ♥」

嬌声をあげながら深く腰を落としてくるモナルカ。

再び子宮口がくぽっとチンポを咥え込み、強く吸い付く。

「う、出るっ！　だすぞ！」

びゅるるるっ、びゅくびゅくっ、びゅくんっ！

その気持ちよさに、俺は女帝の子宮へとゼロ距離射精をきめた。

「んくぅぅっ♥　妾の子宮っ♥　クラートルの子種でいっぱいになるぅっ♥」
膣内全体が肉棒を締めつけてうねり、精液を余さず搾り取っていく。
熱い迸《ほとばし》りの全てを子宮へと流し込み、俺は気持ちよく射精していった。
「あ……ん、はぁ……♥　しゅごい……中、熱いのが、いっぱい……♥」
モナルカは快楽に蕩け、ぐったりと力を抜いていく。
俺はそんな彼女を支えながら、体勢を変えて肉竿を引き抜く。
そのまま、モナルカをベッドへと寝かせた。
俺は中出し後の幸せな倦怠感に包まれながら、彼女を見つめた。
「クラートル、んぅ……♥」
すっかり可愛らしくなった彼女は、潤んだ瞳でこちらを見つめて抱きついてきた。
俺は妻となる女性、愛すべきモナルカを抱き締める。
行為後の火照った身体。その体温と柔らかさを心地良いと感じていた。
二度の中出しで、さすがに俺のほうも搾り尽くされてしまった。
甘えるように抱きついてくる彼女を撫でながら、思いがけず手に入れた幸せに浸る。
これからも三人の美女と、こうした幸せでエロい日々が続いていくのだ。
その幸福をかみしめながら、穏やかな眠りに落ちていくのだった。

END

あとがき

みなさま、こんにちは。もしくははじめまして。赤川ミカミです。

嬉しいことに、今回もパラダイム出版様から本を出していただけることになりました。

これもみなさまの応援あってのことです。本当にありがとうございます。

今作は常識改変能力を持つ主人公が、女神からの依頼で聖女や女帝を堕としてハーレムを作っていく話です。


人生、ままならないときのほうが多いものです。

日頃から「何もかもが上手くいけばいいのにな」などと思う反面、いざ願望通りに事が進んでいるときもそれはそれで、退屈さを感じるものでしょう。

なかなかにわがままな話ではあるのですが、適度に上手く状況が進みつつも、予想外のプラスが飛び込んでくるというのが、人生の刺激としては一番いいのでしょうね。

しかし、そんな予想外というランダム要素を飛び越え、状況を常に操れるとしたら……。

本作の主人公は、常識改変の力で不遇さから脱却した後は、その力の大きさ故に退屈することになります。そして、女神アクルと出会ってからは、聖女や女神を堕としていくことに。

持て余すほどの能力に相応しい、一般人では関わりがない大物たちへ挑むというのは、それが特に美少女からの要請であれば、とても嬉しい展開だと思います。

そんな本作のヒロインは、ちょっとポンコツで威厳はないけれど、明るく元気な女神のアクル。

落ち着いていて清楚ながら、内面には性欲を溜め込んでいる聖女のロフェシア。

自信満々で派手な美女ながら、意外に慎重派の女帝モナルカの三名です。

スキルによって待遇が決まる世界。

強力な力を得てもなお高嶺の花であるヒロインたちを、そのスキルで堕とし、最終的にはそんな美女たちに囲まれるハーレム展開を楽しんでいただけると幸いです。


それでは、最後に謝辞を。

今作もお付き合いいただいた担当様。いつもありがとうございます。またこうして本を出していただけて、本当に嬉しく思います。

そして拙作のイラストを担当していただいた飴樹まお様。本作のヒロインたちを大変魅力的に描いていただき、ありがとうございます。特に表紙イラストの三人がベッドに誘っている姿が、ハーレムらしい豪華さもあって素敵でした！

最後にこの作品を読んでくれた方々。過去作から追いかけてくれた方、今回初めて出会った方……ありがとうございます！

これからも頑張っていきますので、応援よろしくお願いします。

それではまた次回作で！

二〇二三年一〇月　赤川ミカミ

キングノベルス

不遇《ふぐう》スキル『常識改変《じょうしきかいへん》』を覚醒《かくせい》させて、女神《めがみ》・聖女《せいじょ》・女帝《じょてい》の三大美女《さんだいびじょ》を堕《お》とし支配《しはい》する

2023年 11月29日　初版第１刷 発行

■著　　者　　赤川ミカミ
■イラスト　　飴樹まお

発行人：久保田裕
発行元：株式会社パラダイム
〒166-0004
東京都杉並区阿佐谷南1-36-4
三幸ビル4A
TEL 03-5306-6921
印刷所：中央精版印刷株式会社

KN116